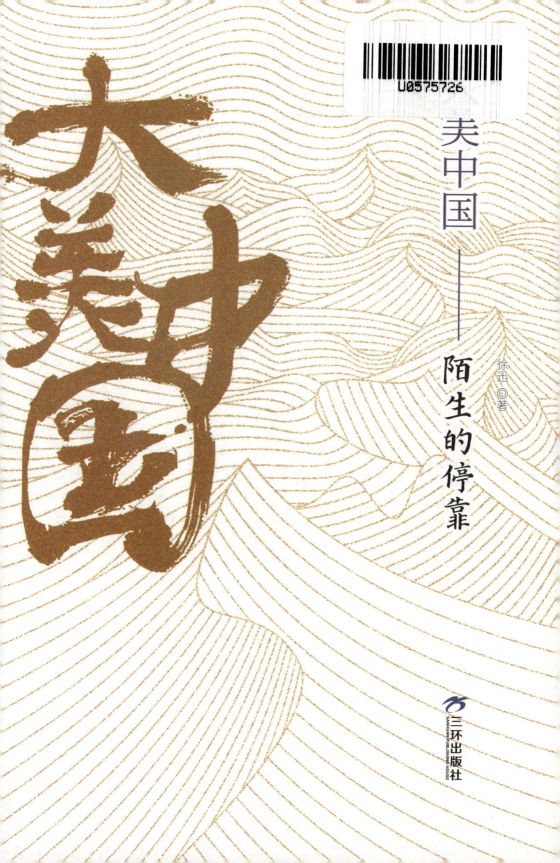

大美中国

陌生的停靠

徐迅 ◎ 著

三环出版社
SANHUAN PUBLISHING HOUSE

图书在版编目（CIP）数据

陌生的停靠 / 徐迅著 . -- 海口：三环出版社（海
南）有限公司，2024. 9. -- （大美中国）. -- ISBN 978-
7-80773-299-0

Ⅰ. I267

中国国家版本馆 CIP 数据核字第 2024QM1308 号

大美中国　陌生的停靠

DAMEI ZHONGGUO　MOSHENG DE TINGKAO

著　　者	徐　迅
责任编辑	卢德花
责任校对	孙雨欣
装帧设计	吕宜昌
出版发行	三环出版社（海口市金盘开发区建设三横路 2 号）
	邮　编 570216　邮　箱 sanhuanbook@163.com
社　　长	王景霞　**总编辑** 张秋林
印刷装订	三河市同力彩印有限公司
书　　号	ISBN 978-7-80773-299-0
印　　张	13
字　　数	150 千字
版　　次	2024 年 9 月第 1 版
印　　次	2024 年 9 月第 1 次印刷
开　　本	690 mm × 960 mm　1/16
定　　价	68.00 元

序

　　给徐迅的散文配图，自然要看他的文章，开始觉得这并不是件很难的事，但实际上真引文临红，按图索骥地照猫画虎时，却真有些捉襟见肘之感。这些骈文俪体所描写的山水风情，有些我亦目睹过也留过影，有些却只有神往，所搜寻的画面，难免有张冠李戴之嫌。但能借徐迅文韵的精雅，将摄影的稚作铺陈上，起到画龙点睛之作用，亦有相得益彰的快感。

　　文中插进去的我的摄影作品，大多也是参差不齐。因这不能用单纯的摄影作品来测目的，看图说话，为画面加解说词，是摄影作品的补白。但我却要时时在徐迅的字里行间中去绞尽眼力，搜寻那些对应的图片。虽说这么多年来，我也拍了照片，一旦真用起来，却又顾此失彼，难以对位。我是个粗人，照片没按类划分，也没标注上标签，真感到有图海捞针之苦。这时，照片的艺术质量往往退居第二位了，第一感受就是有没有这张图，与文中诗意可有呼应，这样，就陷入了苦苦寻觅中。摄影的方寸刺激了人们的图像感，使之有了尺幅千里，烘云托月的境界。当然，摄影本身讲究角度新颖、翻空出奇。这对职业摄影家来说是必需的素质，但这前提是，你要有足够的思考空间与技术手段，若你只是望风捕影，是很难笔意在先的，对此我也只有惘然若失了。

　　至于说到徐迅的散文，那当然是斐然成章的了。徐迅的文韵致远，心细如丝，很难看出是一个男士所写，如《与天柱峰对视》渗透他对家乡这一景观的情感，《大足无声》披露了这极有价值又似乎被人遗忘的文化内涵；《蒙古长调》中牵动他情绪跌宕与起伏的是遥远的回声。而如果说《双瀑记》中含有一种此起彼伏的心理落差感，那么《夜读韩城》则有一股站在黄河岸边抚今追昔的思考，这思考有历史的自豪感与人生的奋争。但紧接着，他又侧笔敲击出了一段柔肠寸断。所谓"手植春花待宾客，他年凭吊知音多。今日植花表心愿，后世自有爱花人"。两千年前太史公的夫人柳倩娘在埋葬好丈夫司马迁之后，血泪交融地写的诗句，感人至深。在悲恸的情怀里，徐迅夜读韩城，被书里那女人纤纤玉指划过的痕迹惊心，胸怀怅然起来。这是徐迅的感受，也或多或少感染了读者。徐迅的散文，善将粗犷的激荡与柔婉夜曲奏响在一起，这就如同一阕共鸣的和声乐曲之后，出现温情的回旋华彩乐段那般让人回味；如"大风起兮云飞扬，威加海内兮归故乡，安得猛士兮守四方"，突和鲜花吟咏并颂在一起，足可窥到他的冥思指向，情感寄托的明月。在徐迅敏感细致的捕捉中，一山一水都被赋予了生命，它们也与人的命运息息相关。

　　由于影像所限，徐迅的很多佳作不得不忍痛割爱。这样，也就抱残守缺，难以曲尽其妙了。不知音画对位起到了相互映射否，但也就这样了吧！

王　童

写于 2013 年 6 月 7 日

陌生的停靠
Contents 目录

与天柱峰对视

寓住京城，寂寞时就想天柱山。想着，就在心里不断揣摩天柱山的模样：雨过天晴，天柱峰通体泛光，浑身的钢蓝与天空的蓝融为一体，湿淋淋如出水的芙蓉。驻足峰前，只觉万千气象尽收眼底，雨水的洗礼使天柱峰簇新如柱，巍峨俏丽，近在咫尺，却仿佛遥远，缥缈如琼楼玉宇。若是浓雾弥漫，面前白茫茫什么都看不见，心情沮丧时，一阵山风吹过，面前拨云见日，先是露出尖尖一角，而后显出"中天一柱"几个红色大字，山峰之腰，一束佛光如莲花盛开，眼前似花非花，如梦非梦……

从小住在天柱山的东麓，那时太阳每天在门前冉冉升起，又在黄昏坠入屋后的天柱山下，我总扛着瘦弱的脑袋，望着斜阳

漫天蔚起的云霞，总觉得天柱山神秘且遥远，充满了阴森森的色调——大人称那里为"万山尖"。祖母或外祖母哼着催眠小调，哄不住我在摇篮里的哭闹，就吓唬道："再哭，就把你送到万山尖去，看你怕不？"据说，那时我瞪着一双大大的眼睛，一下子就没了声音。后来，大人们滔滔不绝的是天柱山的传说和神话，比如"天柱山上一担种"，狐精鬼怪类似聊斋的传说和进山跑"鬼子反"时的辛酸……"家住万山尖，客奉主人烟""万山尖上发脉，从头说到尾"……由此衍生出的许多天柱山谚语，至今还挂在乡亲们的嘴边。

历史上，似乎天柱山从没逃离过皇家的视线。史料记载，汉武帝刘彻"登礼潜之天柱山，号曰南岳"，天柱山曾盛名一时。隋开皇（589 年）时，把长江比作衣带，很有想象力的隋文帝另立湖南衡山为"南岳"，便把这位山水美人打入了冷宫。人们说皇家是为了拓宽疆土的需要，但个中原委谁又能说清？能弄得清的倒是历史上的骚人墨客，如李白、王安石、黄庭坚等，都想结庐在此，但结果他们的夙愿只在发黄的故纸堆里横生叹息……天柱山依然是山，外面是山，里面还是，众山拱绕，群山巍峨，层峦叠嶂。有云有雾，云雾缭绕，如柱般的天柱峰跃然屹立万山之巅。怪石嶙峋，奇峦怪洞，石头似禽如兽般灵动，瀑布或鸣或吼。这瀑布，这流泉，就让山有多高，水有多长……这样的山水，置身其中，就像走进一座天然的动物园或植物世界，天柱峰也因此虚幻得宛若蓬莱仙境。少了人间烟火气的天柱山神秘地披了一层面纱，高处不胜寒，宁静得使人不敢接近。

　　记不清第一次是怎样与天柱峰对视，那时天柱山冷寂而落寞，没有索道，很少行人，面前更没有修葺一新的整齐的石阶，走了很长的山路，爬了很多的山，更有着在神秘谷里穿插奔突，或钻或爬的奇特感受。一路跌跌撞撞，待大汗淋漓、气喘吁吁地站在天柱峰前，成功的欢欣溢于言表。青春年少、心绪彷徨的日子，爬一座山算不了什么，但历尽艰辛，靠自己的双脚与天柱山对视，却使我感慨万千……以至多少年

以后，我还疑心天柱山枯燥而长长的山路是我漫长人生的蹩足序幕……夜晚，天柱山夜黑如墨，山风呼啸，松涛阵阵，在那样的夜晚，一个瘦弱青年在天柱山寒冷而简陋的天柱山庄正在为自己的命运而喝得酩酊大醉，天为帐篷地为床，天柱山以博大的胸怀接纳了他，接纳了一个人的全部惆怅……

一个世纪，又一个世纪到来。离开天柱山的日子，我已记不清多少回在梦里与天柱峰对视。留在记忆里异常深刻的是夕阳西斜的时候，远山如黛，皖河似练，万千阳光溅射在天柱峰上，峰峦俊美，山川壮丽。而在薄雾缭绕的天气里，天柱峰就像一株硕大的竹笋，青翠欲滴——当地就有人把天柱峰称作"笋子尖"的。这样日思夜想的结果，梦里浮现的总是天柱山旧时的山水。然而没想到在暌隔九年之后，这次站在久违的天柱峰前，我却微微吃了一惊，心里竟有些茫然和陌生。冬天的上午，艳阳高照，面前的天柱峰泛白的花岗岩斑斑驳驳，通体褶皱，隽秀或是矍铄，苍迈或者雄劲，更像一位饱经沧桑的时间老人，在阳光下一览无余，脚下的"渡仙桥"也毫无仙气可言……群山逶迤在前，谷底历历在目，印象里天柱山的险峻与峭拔，伟岸而神秘，恍惚一个久远的梦，变得遥远起来。双手捋一下双鬓生出的缕缕白发，我不由得心生诧异，所谓"半生蹉跎半生累，再见天柱两鬓白"，不过如此。

当然，我知道这是一种错觉。天柱山本就是花岗岩峰丛地貌，是新生代的第三纪和第四纪之间喜马拉雅山的造山运动使它多次间歇性抬升，同时花岗岩胚胎上的覆盖层也因为不断遭遇风雨的剥蚀，渐渐露出地表，才使天柱峰高高地耸出群山。正是大自然亿万年的风化侵蚀或鬼斧神工，才造成面前的山峦连绵，巍

峨峻峭，怪石丛生，秀丽雄伟……感谢这样的一个冬日，我与天柱山的不期而遇——"我见青山多妩媚，料青山见我应如是"。当然是见山似我，山人合一，物我两忘的大境界、大自在。如此，我想天柱峰也并不会因我的两鬓斑白，两相观照，山我俱老吧？

"山水依旧岁月远，不以物喜与己悲。"久久凝视着天柱峰，我倒是心有所悟。

天柱山冬云

　　在天柱山峰顶，原是要观日出的。然而，经过长时间的等待，那轮于想象中通红的太阳，却像是一位失约的情人迟迟未来。冷硬的山风刮得浑身凉飕飕的，我们的心仿佛比风更冷。当许多人失望地转下山时，我与朋友索性就赖在一块岩石上，静静地看着日出的地方。记得哲人说过，有一种错误是美丽的。隐隐地，我们也预感到这一次观日的不同寻常。

这是一个冬天的早晨。准确地说，为了抢占这块观日的岩石，我们几乎半夜就起了床。开始，大家充满期盼地等待着，仿佛吃了兴奋剂，并没感觉出身上的寒意。但很快就失望了——远处，那本该日出的地方尽管也现出了一丝光亮，但日头如同一只被敲碎的鸡蛋，蛋黄已无声地滑落到无涯的云海里，只剩下那滑腻的蛋白了。天空低沉，大片的云彩斑驳着，如同一位画家正用心勾勒出的底色。天际之下，尘世的一切都被云海消弭。再近处，云海里青峰数点，仿佛孤帆远影，仿佛沉浮不定的岛屿，若隐若现着。面前的松树朵朵霜花，已凝聚成球状。我们从半夜就陪伴着它们，谁也未曾留意这些"花朵"的开放。一阵山风在耳边迅疾地掠过，那白色的花朵微微地颤抖了几下，溅下些许的花瓣，然后又耸然地挺立，使面前显现出一种格外的凝重与肃穆，似乎有种"白云回望合，青霭入看无"的意境了。

记忆里也有过冬天观云的经历。那是在福建连城的石门湖。那里的冬

　　天暖洋洋的，像是四月的小阳春。我们撑着一叶扁舟静静划在绿油油的湖面上，扯不断的乳白色的水汽在四围蒸腾缭绕着，那样子似乎是在温泉里浑身无碍地沐浴。抬头望天，低首观湖，竟都是蓝天白云，一朵朵白云锃亮地变幻和飘荡。苍狗浮云，犹如人与狗在湖面上嬉戏追逐。手掬一捧清水，如同拧起小狗的耳朵；篙撑湖心，又像是打捞着一方仙人失落的纱巾……只是那狗在跑，纱巾在飞，一切都如雾里看灯，镜里观花。那种倚云难抓的妙趣却搅得心头痒痒的——虽然也曾有过生命流逝的惘然，可一份活泼泼的欣喜却留在心头了。

　　相比较而言，与天柱山冬云的邂逅，我此时的心境就显得苍凉凝重了些。摩诘说："行到水穷处，坐看云起时。"看着面前的情状，倒是觉得只需将那"水"改成"日"字，就暗合了眼前的这一切。只是这浮起的大块的云，在灰蒙蒙的天空中的暗淡，就让我们不知不觉，心里陡然就染上了一种颓废和沉重，以至于体会到的竟是"不觉碧山暮，秋云暗几重"的意味了。无端地，我想起青莲的《听蜀僧濬弹琴》里的诗句，很疑心他是错把"冬云"当"秋云"了。当然，青莲居士不仅听过蜀僧弹琴，也是吟过天柱山的，有他的诗句为证："奇峰出奇云，秀木含秀气……待吾还丹成，投迹归此地。"说的就是天柱山。他一辈子终没归来，就只当他是"丹"未还成吧！……现在我们坐看云起，看着看着，心里倏然一亮，就有着"柳暗花明又一村"的欣然了：这冬云，虽然没有日出的磅礴和蔚为大观，但它在山峰间轻盈缥缈，它与山峰的亲吻，透出的竟是缠绵的爱意；它在树丛里走动，忽而又

不见，就如衣袂飘飘的仙人。纵然，它那猛然间的云翻波涌，诡谲无常，我觉察到它透出的也还是生命的本相。在山风呼啸，云海滚涌的一刹那，我就有一种驾驶一叶扁舟行驶在江心的感觉：人生种种原就是自然种种，难怪连圣人也惊呼富贵"于我如浮云"！

"浮云游子意，落日故人情"——我想，面对永远的落日和浮云，古人的浮想联翩也许是对的。只不过，这日，这云却并不会仅仅是那"游子"和"故人"的情意所能说得清的。山重或水复，"日"穷即云起。细究起来，生命的真谛原来早在这一"日"一"云"间就安歇好了的。

蒙古长调

　　这是一种奇特的情绪的跌宕与起伏。好多天了，在锡林郭勒大草原上行走，无论是蓝天白云的爽心，还是草色青青的悦目；也不管是坐看大漠孤烟的壮观，还是坐在蒙古包里喝着飘香的美酒……只要听到那种歌声，似乎就有无数把马头琴在我心头撞击、撕咬，丝丝缕缕，我的情绪立即被撕扯得一塌糊涂，定格在草原如血的残阳里，如痴如醉、如梦如幻。

　　这就是长调，一种不是人间而是来自天堂的——蒙古长调。

就觉得这典雅的长调最适宜那水草肥美的草原。只有天苍苍，野茫茫，风吹草低见牛羊的草原，才能盛得下那种辽阔和悠远……高亢、嘹亮的长调，在茂盛的草丛低低滑落、穿行，然后又如一只只孤鹤哀鸿，跃地而起，气冲霄汉。"风是草原的家"，长调就"挑"着它全部的家当，含着饱满的青草之汁，甘霖雨露般又"大珠小珠"急剧地坠落。望着面前浅浅青色，满目低草，我陡然疑心一定是那天意怜芳草，才使这长调平添了一丝忧郁。此时，我真想给草原吹口气，让草原的草儿倏然长深长高：一望无际的风吹草动，一望无涯的如浪如潮……通通透透地抽走长调中那一缕浸透骨髓的忧伤！

青海的"花儿"凄美了点儿，山西的"走西口"酸柔了点儿……打马草原，我总觉得长调最适宜安顿那一颗颗疲惫的游子之心——"辽阔无际的草原，是哺育我的摇篮……"在"山西会馆"空旷的院落里，我仅仅听见这句长调，就仿佛看见走南闯北的晋商们唱惯了辛酸俚曲的口儿缄默了。音色纯净，意境幽远的长调撩拨着一群背井离乡的人怀乡，但很快又将这一腔愁绪慢慢地抚平。一座洁白的毡房就让

一个民族得以生存和自由，腰缠万贯的商贾们，住着这么繁华的院落，搭起这么热闹的戏台，还有什么理由不能消融心头那份浓浓的乡愁？他们的心灵在被歌声震撼时，当然会觉察出这是一个游牧民族在用一种独有的方式慰藉一个个陌生的灵魂。也许，长调中那浑厚、刚毅与坚强的音色又把这些外乡人的热血浇灌得滚烫滚烫，让他们飞腾、大气，学会深深感恩……

站在元上都遗址，我更相信蒙古长调是随着庞大的元上都轰然坍塌的瞬间从蒙古人的胸腔里迸发的。无垠的草原委实苍茫，但透过七八百年历史风雨的帷幕，我还感觉这里的河流、草原、遗址、废墟所包含的无奈。这里曾有的一百零八庙不仅仅是象征，它曾真切地包裹过一个民族的雄心，一个帝国的辉煌。纵横天下，征服一切的一个王朝的顷刻覆灭，存留一百多年的元上都，是多么适宜于生长那雄浑豪放的长调啊！是的，长调分明就诞生在这儿，分明还在那残垣断壁的隙缝，从那灰飞烟灭的气流里低低迂回，最后像无数只雄鹰拍翅而起，盘旋在浩瀚的大漠、辽阔的蓝天和无际的草原……未曾经过一场金戈铁马之后的繁华，未曾遭遇繁华之后的没落，长调就不会有这么内涵丰富的磅礴和苍凉。喋血草原，高哭当笑，长调就成了一种追念，一种英雄无归处的长叹。只是，这追念不是惋惜，也不是颓废，而是擦干泪水后的一种沉静，是大泪风干后的无言……听那长调仿佛指向了虚空，我抬起头来，在那缥缈的太空，我却隐隐约约地听到一个侠骨柔肠的民族的"秘史"，藏在长调背后的一股民族的沉痛。

王朝的没落，商旅的孤寂，草原的肥美与流失，还有芬芳的马奶酒与奶茶……锡林郭勒，你就这样成了蒙古长调的发祥地，成了茫茫草原那最令人销魂蚀魄、荡气回肠的部分。谁说长调仅

仅是牧人奶茶中的"盐",内蒙古人宴席中的"烈酒"?长调,
是你这来自天堂的歌声无处不在,无时不有的激情抚摸,才将草
原上一切细细照亮,把草原上的生命真实地洞穿与宣泄!

　　　　　一只狼在仰天长啸,
　　　　　一条腿被猎夹紧咬,
　　　　　它最后咬断了自己的骨头,
　　　　　带着三条腿继续寻找故乡……

　　蒙古长调,这一次当我真切地听懂你时,我还是满面泪水,挥
之不去的感伤!

桂花的都江堰

　　谁都知道那水不是为我而流，那花也不是为我而开的。但偏偏，在我生命里有那么几夜，我竟枕着轰鸣的涛声，嗅着浓浓的桂花香静静地入眠。因水白花花的流动和花的摇曳，在皎皎的月光下，我的心灵似乎飞翔在一个神秘、洁白而又有声有色的梦境里，仰望到一个美丽且袅袅升腾的冰魂……

　　这一切是我在都江堰畔真切地感受到的。

　　我的所居是都江堰"川煤"的疗养院。这是一个依山傍水建造起来的院落，院里八月桂花扑鼻的芳香恣意地浮动着。桂花不是一株，而是一群地生长在院内甬道的两侧。水泥地上珍珠般地撒落着桂花的花粒，就似月光老人撒下的一地碎银。而院外，岷江的涛声阵阵入耳，又像是谁在紧紧地擂着一面战鼓，"咚咚"的永无止境地响。听着岷江湍急的水流声，闻着桂花的馨香，我的心灵便变得格外轻盈和欣慰。睡不着觉，我索性就披衣到岷江那座悬桥上散起步来。

月是那轮新鲜而又浩渺旷古的月，岷江自然也还是那条流动了几千年的古老而年轻的江。月涌大江流，流动的是那千年未曾销声匿迹的生命和自然的勃勃生机——岷江的水就不必去说了。摆在面前的这浩瀚的都江堰工程，在月光下就凸显出了历史苍茫的斑痕。它如同历史老人在河流上钤印的一枚坚实而沉静的印章，毫不拖泥带水地就将岷江水的事情办妥了，显得是那么干净有力、稳重笃定，倏然改变了江河与自然的方向。皓月轮转，

星光璀璨。我仿佛看到了历史老人，不！是蜀守李冰那正轻轻松开印章的大手和那一脸掩藏不住的粲然一笑：有人将印章盖在纸上，便成了予夺的权力；我将印章盖在江河，便有了江河行地、日月经天的功业……哈哈！你听到那鼓乐声了吗？天帝率众神接我来了，我可以走了，我是多么不愿离开岷江啊！

真的，就是刚才我还能感觉到李冰高蹈在茫茫的云际，深情地凝望着岷江。从公元256年到现在，我们享受着岷江春水的滋润，惊羡都江堰里这枚神奇的印章，但却永远无法弄清楚李冰到底是人还是"神"了。说是"神"，《史记》上又分明给他留下了扑朔迷离的一笔："蜀守冰凿离堆，辟沫水之害，穿二江成都之中。此渠皆可行舟，有余则用溉浸，百姓飨其利。"而且，他在都江堰上提悬的那一支神来之笔，也没有越"天地之轨"，反而是顺其自然，如挥舞一支朱笔，在岷江上就那么轻轻一点，"开凿宝瓶口，渠道分水鱼嘴……"因势利导就将岷江一分为二，将闹灾之江驯服为一条美丽而奔腾着的巨龙了。说是人，他怎么又会成天地守候在"二王庙"里，时而如传说中的精

灵一样画符念咒，并雕刻留下五只犀牛镇压岷江的河神水怪？他惠河山，河山惠他。冥想之中，忽然又一阵花的馨香扑鼻而来。霎时，我恍然大悟：桂花别称"冰魂"，和李冰竟是暗合了一个"冰"字！幽幽清香，袅袅冰魂。奇异的桂花每年只绽开一次，而李冰的生命在都江堰也仅仅留下一次辉煌的永恒——桂花，莫不就是都江堰对李冰创建的恩泽万世的治水功德最为真挚的怀念？我发觉自己的心跳加快了。

从岷江岸畔轻轻地走过，皎洁的月亮拖着我的身子缓缓地

动。岷江的水声绵绵地尾随而来，而面前桂花的馨香也越发浓烈。在一片淡淡素净的白光里，我仿佛看到李冰那飘舞着的须髯，深藏着智慧的炯炯眼神，也仿佛有人在小声地说："桂花是平民的树，李冰也是平民的官，桂花点缀着日月，李冰改守江河。"难怪都江堰一边充溢着桂花的馨香，一边就是李冰的神采飞扬了。生命只有一次，但就在这一次我竟偶然地闻到了桂花的芳香。这就是桂花的神示了。比如，在冬天或者春天（那也是很美的），都江堰都不会让我想到一棵树与一个人沉潜着这么深的关系。

这么吟着，我得真的感谢都江堰的桂花了。

感谢都江堰为我匆忙的生命剪辑了这样一段让我无限神思而清辉四射、温暖且夹杂历史清香的黑白影像。尽管我只算是都江堰无数看客中平凡的一个。

又见桃花源

　　都说桃花源是一枚乡愁的邮票，绝版了。然而在这里，见到满目青翠，听到一山的鸟语，我们的心灵立即就变得绿意蒙蒙了。轻轻拂面的是甜丝丝的风，扇动鼻翼的是纯净得不含一丝杂质的空气……走着走着，我们就觉得浑身舒坦，齿颊生香。冷不丁，我的心头悚然一惊：原来，我们深深隐藏在心底的那份对简单自然生活的向往，竟只不过是东晋那又古又老的陶渊明式的

翻版。

　　树丛里叽叽啾啾，久违的鸟鸣如雨珠般滴落在我们心头，清脆而湿润。阳光如洗，把天空照得如宝石般湛蓝。有一片白色的云彩朝我们低低地依偎，仿佛专门为了呵护它下面的那一条清溪。浓密的树叶，在两岸流绿、滴翠，因此满溪涌动着的便就是那绿、那翠的流淌了。且浓酽酽的，稠得化不开，犹如乡村四月人们用观音渣揉成的绿色豆腐。有一条渔船在清溪里游荡着，大概是一对年轻的夫妻吧，两人都高高地竖起了竹竿，溪水与阳光将他们浑身染得绿影幢幢……这时看溪，就如同看一匹打了皱的绿绸。两人像是轻轻地摆洗，又像是用心量裁着它——要剪那大块的绿，做一个抵挡风雨的屏风。只是那硕大的绿绸太结实、太有韧性了，怎么也剪不断……静静地看着，我心里就有些神动。真想做一尾快活的鱼游进清溪里，做一次千年万年清醒的呼吸……

　　朋友们也都激动着，终于忍不住大声叫喊起来。一个说，这就是陶渊明笔下的世外桃源；另一个说，那打鱼人怕就是那东晋人的后代！……幽寂的清溪旁，那声音格外响亮，且传得很高很远。可抬头看看那两位打鱼人，却依然波澜不惊，怡然自得。只一门心思地打鱼，连头也没有抬一下……"不知有汉，无论魏晋"，让我真的就疑心见到两位遥远而高蹈的"桃花源"人了。但，这分明不是桃花源，是那出过"红色娘子军"和"清清的河水清又甜"的地方，是隔着江、隔着海的五指山下的万泉河。而同时，我们也听说，远在海峡那边的所谓真正的桃花源，已经开辟成了一个旅游景点，纷至沓来的游人的脚步声和一天到晚都在播放的流行音乐声，早已将那里吵得沸沸扬扬了……朋友若有所

思，一脸苦笑地说，所谓桃花源，现在实际上已成为我们城市人心头上的一道素餐，是人们吃腻了十全大补膏之类的补品，喝惯了油杂荤腥，闻多了自己制造的混浊空气之后的一种移情别恋。要是让我们真的住在桃花源，怕是一天也不会习惯的。

朋友说的当然是对的。但伫立在这条清溪旁，我却忽然不想挪动自己的脚步了。我想陶渊明笔下的桃花源也无非这样：一曲清溪在绿树间蜿蜒，沿着绿树的山冈走，层峦叠嶂，泉鸣谷幽。开始路也极窄，但山重水复，柳暗花明，其内也必会"豁然开朗"；俨然屋舍，有良田、有美池、有桑竹，阡陌纵横，有鸡犬之声相闻；小桥流水，有万朵桃花灼灼……我不想再走，是害怕我们这一群俗世的足音会玷污了"桃花源"人纯净的目光。我甚至屏住呼吸，不敢高声喧哗，是怕我这唐突的声音扰乱了"桃花源"人的恬静——不管面前是不是真正的桃花源，只要我们看到那对打鱼人与这条清溪的衷心厮守，就是一个美的存在了。既然看到了这种存在，何必一定要用双脚去践踏自己心灵上经常浮现的那一份大美呢？

又见桃花源，又见打鱼人……我在心里说。

双瀑记

　　远远地就听见巨大的声响，是水的声音，是瀑布的声浪。果然是天下闻名了。但没有看见瀑布，只看见一溜溜白烟，一团团水汽从沟壑里冒了出来。直扑向青青的山，绿色的树，踏着这巨大的声浪走，渐渐地，就看见那飞泻的瀑布了。只是视觉上有些遗憾，觉得这飞瀑并无传说中的恢宏、雄伟，只是脚还在走，走在瀑布的声里。像是不相信自己的眼睛，瀑布像是个大美人，是要绕着、转着，才能将她看得个通通透透，欣赏个美滋美味。

　　瀑布当然不理会人的心思，径直奔涌着、咆哮着、跌宕着。倒是人耐不住性子，有人兴奋得尖叫，有人感动得沉吟，有人争先恐后地拍照，都恨不得把这美丽的瀑布揽在怀里。瀑布展开的是它宽大的胸怀，伸出的是它雄浑的双臂，袒露的是它纯净的心灵。感受到瀑布的灵性，就钻进那一缕缕白烟里，烟雨蒙蒙，头发上沾着，浑身染着，心里也溅满了烟雾，就抑制不住地看起这巨大的瀑布来：是那种白色的水的大，是那种轰鸣的水的大，是那种美丽的自然的大。人一时都没有了声音，屏气凝神，当然不仅是恐惧山高路滑，恐惧自己会像那瀑布从高悬的空中向下摔个粉碎，还害怕自己视力不济，怕自己的心思不够用，不能将这美丽的瀑布欣赏得淋漓尽致，将瀑布的心情体会透。移动步子，左

看右看，瀑布都是舒展的、恣意的，它想爱就爱，敢恨敢怒，就那么径自从空中飞流直下，敞亮着心思，溅起的是叫声、是轰鸣声，流泻的白云不及它的速度，抖落的白带不及它的绵长，倒像时间老人的白须，它自然地飘逸着、捋着，诉说时间的迅猛、强大、易逝，它同时还细细打量着面前的山，笑得合不拢嘴。这样看，瀑布巨大的声浪就是它呵呵的笑声了。是那种爽朗、轻盈的，沉重且快乐的笑声。

钻进水帘洞，就钻进瀑布的肚子里了。仰着头，就见头顶上的瀑布像一团雾，一片云，从眼前飞掠而过。那是一种铺天盖地的生命的张扬。许多人就站在瀑布下，让瀑布包裹着，让瀑布在四周响着，暂时忘却郁闷，也没有了烦恼，挥着手，伸着臂，一个个都像顽童，捋着时间老人的胡须，调皮得就像自然的精灵。若说这种比喻是苍白的，是不准确的，那么还可以想象，人到了这里都有一种"拥抱"的感觉。就有人想张开双臂，想随那飞瀑纵身一跃，跃入飞瀑的大自在中，紧紧抱住瀑布做一次生命的羽化。幸好瀑布是无邪的，是透明的，它没有吞噬生命的意思。相反，它以自己的流泻和智慧告诉人"堕落"的沉痛，告诉你绕开它的办法。这样，在它的怀抱里，人就变得敬畏了、小心了，还变得生机盎然。饶有风趣地就从它的胳膊、它的腋下钻了出去，回头恋恋不舍地再看飞腾的瀑布，作无数次坠落的粉碎，人就不停地唏嘘，叹息了。

瀑布的壮观，犹如生命的壮观。总是经受得住人的眼光的。它让你从前面看、从后面看、从高处看，再从低处看。钻出水帘洞，沿着石阶迤逦地下，缓缓地就告别瀑布，渐渐远离了喧闹。触目的是苍翠的山峦和树木，走着走着，就走到瀑布的下面了。再看瀑布从高高的山崖溅进河里的就如一河的珠玉，轰然作响的是生命的无畏。一千米多高，几十米宽，在自然里恣意地书写着什么，告诉人时间的源远流长，生命的生生不息，自然的苍劲豪迈。或许什么也没说，分明只让人屏气息声地思索。高处不胜寒，水往低处流。人会想起世俗的哲理。瀑布是雄伟、壮观的，却也是冷峻的。但它就是这样，叫人暂离它的热闹、喧嚣、激烈，让你得以片刻的宁静。也许还声响着，但那是一种提示，警醒生命的存在。瀑布是存在的，人也存在着，人和自然都能和谐地存在，多么美好！

我就坐在瀑布下，面对瀑布前的一座青山。坐对一岸青山，看那一岸青山峭拔屹立，如刀砍斧削，满身枝柯交错，披满了绿叶。由于这绿叶，青山悬崖就有点儿平缓舒展的姿势了。忽然就让人感觉面前的山不是山，树也不是树，也是瀑布，是硕大的绿色瀑布了！看哪！那沾满水汽的悬崖，那鱼鳞般交织的树叶的瀑布，也从高空中飞流直下，竟与大瀑布的白色遥遥相对，相互呼应。一样的高度，一样的陡峭，一样的宽度。再细看那绿瀑，竟也是流动的，在风里流动，在水蒸气里流动，在白色的瀑布面前肆无忌惮地奔涌。"两瀑"相对，又相依相偎，相得益彰，相看两不厌。一白一绿，一动一静。白瀑让人激动，绿瀑让人宁静；动的让人心颤，静的让人心绿。也算是见过一些瀑布，但瀑布前面未曾见过这么高的青山对峙，也不见有这么高的绿岩相守。黄果树的瀑布有福了！

当然，有福的还是人。如我这样的匆匆过客。像我，观赏到这么著名的大瀑布，又发现了这壮美的绿瀑！我心把这称作"双瀑"。"双瀑"从此叠印在我的心间了。

夜读韩城

　　在寂静的夜晚，你如果一个人坐在书房里，伴随着书的一股淡淡的馨香，或明亮或昏黄的灯光下，你伸手就能抚摸到面前那一排排书。当你的目光定格般地停留在那部古老的《史记》上时，你心中荡起的也许会是一种悠久而深远的历史自豪感。你当然知

道书的作者司马迁是西汉时期的史学家、文学家、思想家，你对他的人生遭遇充满了深深的同情和叹息……

司马迁，三十八岁继父职担任了太史令。但天汉二年（公元前99年），为大将李陵败匈奴辩护，却激怒了当朝皇帝汉武帝，于是被株连下狱定为死罪。后又以酷刑免死，出狱后任中书令。他苟且偷生，忍辱负重地活了五十八年，竟是"究天人之际，通古今之变，成一家之言"——为了一部书。这记载了从传说中的轩辕帝到汉武帝太初元年约三千年历史的洋洋数十万言，后来被人称作是中国第一部纪传体通史……现在，这部书就摆在你的面前，尽管它湮没在浩瀚的书海里，但你会经常仁望到它，你的眼睛还常常被这部书散发出来的巨大光芒所灼伤。

同样在这样寂静的夜晚。当你的双脚一踏上关中的韩城——司马迁生长与终老之地，你就会发觉韩城竟也是那么适宜于夜读。夹杂在老城里的文庙，那厚重的朱漆大门虽然关闭，你站在那红墙门外，仿佛可以听到那琅琅的读书声破壁而来。历史上，在这样的小城曾出了一千三百多名科举及第人士："两朝宰相""祖孙御史""一母三进士，一举一贡生"……那声音气宇轩昂，都是大大的。如果嫌吵你且走开，浸着如水的夜色，你到党家村去。那可是关中一个充满着梦幻般色彩的村落：高高的墙、看家

楼、宝塔和节孝碑，方方正正的四合院，住下了一千多口人。但在这样的夜晚，竟宁静得没有一丝的声响。理解这座村庄，你只要看看那高大气派的走马门楼上的牌匾："及第居""耕读居""太史第"……如果这还不够，在一家堂屋里你读到了"春山眉宇，秋水精神"，就知道这是怎样的一个村子了……渐重的夜色，此时已将党家村剪落得如一幅版画，画面上一切悄无声息。太恬静、太美丽了吧？如果你真的心涌如水，你再折回身子踏上那条叫司马坡的路吧！

走进坐落在黄河岸边一座山冈上的司马迁祠，你心里一直充盈着的浓浓的书香和宁静的田园风味立即就会被一种旷古的伤感剥得一干二净。读到韩城这部书的高潮了，你唯有叹息。仿佛是一种提示，通向司马迁祠的路立时也变得凸凹不平起来，无边无际的苍凉感涌上来。月色里你也许会思忖，这石头铺就的路是人们有心设置的崎岖还是风雨的磨砺与岁月的蹂躏？都说回首历史之路充满了艰险和幽暗，谁掂量过一个忠实记载历史的人的人生之路，比历史本身更为痛苦和黑暗的程度呢？数千年历史的辉煌，无一不是手记历史的人用血泪铸成的。你陡然明白了历史和历史中人，看来更像一种肉体与灵魂的关系。谁能说得清谁活得更为长久与灿烂？

月色朦胧。即便走近司马迁那尊巨大的铜像前，你还是看不清他身着的衣袍是怎样的颜色，历史的风雨已将他的全身冷却得冰冰凉凉，但你还是感受到了他那潇洒的神志，你发觉他炯炯有神的双目还在深情地凝视着脚下的土地，注视着飘忽在面前的那条浑长的黄河。石道的两旁，整整齐齐的松柏静静地挺立，松柏有着千万个苍劲与刚正的比喻。可此时你只觉得它是太史公攥在

　　手中的一支支如椽大笔。"人固有一死，或重于泰山，或轻于鸿毛。"一个雷霆万钧的声音似乎在你耳边回荡，你直觉那声音是从那坟茔的裂缝中发出的。坟茔上的五棵遒劲的松柏，在古城文庙里你也见过，由于出现过"一母三进士，一举一贡生"的盛举，当地称作"五子登科"。媚俗就是这样的简易。但你想，这恰是太史公那张开且挥舞着的五指在竭力地呼唤和呐喊着公正、自由吧？……直言敢谏，愤而著书，太史公用一生垒起一座精神的"泰山"，就是想用刚正不阿的忠实历史告诉后人，人类该怎样地创造历史！

　　天道人心，人心里的历史总是一杆公正的秤！

　　紧接着在司马迁祠那些摆置的碑石上，你又读到了一则神话般的故事：说是司马迁曾有过一位名叫随清娱的侍妾，钟情于司马迁，在司马迁遇害后闷闷不乐，忧愤而死。但她死后阴魂竟然久久未散，以至到了大唐年间，她还曾托梦于时在关中任刺史的唐代名臣、书法家褚遂良："乞一言铭墓，以垂不朽。"正在走人生下坡路的褚遂良，于是大张其事，立马借她所托之梦，以为她作墓志铭的方式勒石传世了。故事有些浪漫和凄然，但何尝不是褚遂良对太史公的一种曲折的理解呢？

　　　　手植春花待宾客，他年凭吊知音多。
　　　　今日植花表心愿，后世自有爱花人。

　　你读到了这两句诗。据说这诗还是两千年前太史公的夫人柳倩娘在埋葬好丈夫司马迁之后血泪交融地写的。史书记载，柳倩娘在丈夫司马迁遇难后，与儿子司马临、司马观，通过女婿杨敞、外孙杨恽买通官府，历尽艰辛将司马迁的骸骨运回到了家乡，掩埋在这片山冈。千秋太史公，遭遇的就是这样的悲切与凄惨！然而，柳倩娘没有屈服，她似乎在丈夫那里早就读懂了历史最终的真正的写法！她在此植柏为记，朝夕相守——她算是理解太史公的千古第一知音了！人生易满，知音难求。你叹息着，你把眼光投向茫茫的黄河大地，你陡然身心恍然。你看到此时韩城的新城老区灯光正明明灼灼，一抹新世纪的曙光似乎就出现在远方的天际下。但在皎皎的月色里，你还是觉得韩城像是一部渐渐打开的古书，一部厚重的史书那样陈旧且耐读。你就喜欢这样长久地读下去。只是，夜读韩城，书里那女人纤纤玉指划过的痕迹却突然让你触目惊心，胸怀怅然起来。

大风与鲜花

　　一下火车，十几个人就被一束束鲜花簇拥起来。这令人有些意外。早晨，广场上的行人已是摩肩接踵，熙熙攘攘，很多陌生的眼光都射了过来。鲜艳的、散发着玫瑰与百合馨香的花朵在人群里穿行、流动。它显得高雅、尊贵，但同时也有些张扬、招展……一路上，我满脑子灌的都是刘邦"芒砀斩蛇""樊哙大口

吃肉""大风起兮云飞扬"的苍茫，
猛然被这醒目的鲜花所淹没，思想
一下子还转不过弯来，心里似乎有
什么在撞击，在汩汩涌动，恍惚而
温暖。

仿佛就听见一声叹息。

那声叹息落在几千年前的荒
野沙丘中，洇润开来，我依稀看见
了刘邦，看见他就在这拥挤的人群
中。不过，他眼里是远比这鲜花高
贵、气势和排场得多的秦始皇轰
隆隆的车辇。他暗自叹息道："大
丈夫当如此也！"只是，谁也没有
想到，他这声后来被称为"秦末三
叹"的叹息，竟让不可一世的秦始
皇当场跌落马鞍，给这块土地留下
了一个"落马碑"的遗迹；也正是
这声叹息，使他成就了那比鲜花更
为耀眼和辉煌的基业，演绎了一首
著名的《大风歌》：

大风起兮云飞扬，
威加海内兮归故乡，
安得猛士兮守四方。

辽阔无垠的土地，坚硬的河水，漫卷的风沙……然而，那时，他的父老乡亲们肯定也不曾料到，这位收拾了暴秦的残山剩水，创造出"四面楚歌"的凄艳的战争经典，并在帝王龙椅上端坐了五年的汉子，现在，回到脚下这块他熟悉得不能再熟悉的土地，竟有一大滴泪水倏然滚落……

歌毕，泣数行下。

这是他"击筑而歌"时留下的一个历史瞬间。浩瀚的汉语对此尽管吝啬得没有详细的描述，但这首歌作为那声叹息的延伸，在那恢宏磅礴的意境里，多多少少还是流露出了一曲"柔肠"……一位喜欢长戟在握，马蹄嗒嗒的气势，喜欢大碗喝酒、大口吃肉的豪情，喜欢一统天下，唯我独尊的"大丈夫"，此时，他的泪水在那些尽情纵酒的父老乡亲眼里定格、放大……一定也让他的父老乡亲们喉咙哽咽，渐渐地化成一个叫"柔肠"的词语。

一方水土养一方人。

　　都说生长在这块土地上的人，"爱吃那肥狗肉，爱喝那大碗酒"，但在酒桌上，我们见到的却是彬彬有礼、温文尔雅，他们和客人们交谈着，吃菜喝酒，小心地呵护着，从没有让客人在酒风酣畅、觥筹交错时，感受豪饮的那一份无奈与被迫。狗肉当然必不可少，他们自豪地给客人们介绍着，激动地让客人们品尝着，粗犷豪爽的性情里从不失温柔敦厚……

　　双脚踏着汉山汉水，感受汉风汉雨，穿行在刘汉王朝曾经云蒸霞蔚的土地上……随后的一连几天，我就常常这样被这一曲曲"柔肠"感动。

　　与"大风起兮"的气势最为相符的或许是大沙河了。遮天蔽日的滚滚黄沙，茅草丛生的寂寥荒滩，堤岸曲窄单薄，或水灾频繁或十年九旱，都让庄稼颗粒无收。但凭借着这块土地赋予他们的那满腔的侠骨与柔肠，他的后代们却让一河两岸变得绿树成荫、瓜果飘香，清澈的河水里鱼跃鸭肥，仿佛江南锦绣的"鱼米之乡"。

　　我们赶到昭阳湖，时候尚早，虽然我们无缘欣赏到那万亩荷花与菱角，然而在湖里行走，一只只捕鱼船与我们擦肩而过，渔民们用湖水煮鱼的鲜美与喷香，总有一种"柔软"的气息在我们的心头荡漾——我想，如果说酒席上他的后代们所表现出的一种柔肠，是一种礼节的话，那么在这块土地上所呈现出的一曲曲"柔肠"，就有一种勤劳、聪慧、朴实的品质，就有了一种颜色，一种浓郁得化不开的绿的颜色。

　　缓缓地，终于走上了歌风台。

　　老实说，古色古香的"歌风台"既无皇家宫殿红墙黄瓦所渲染的那气势的恢宏，也没有皇林阆苑那尊贵的繁缛。相反，在这辽阔的土地上，它还略显古拙、精致和轻盈，让人怎么看都觉得

　　它像一个扩大了的庭院。但沿着石阶一级级向上走着，及至到了刘邦的雕像前，进了"风云阁"，便立即感觉面前的一切在我的眼里都显得陈旧而迷离。感觉这里尽管与刘汉王朝四百年的气派不大相符，但它的四周却暗暗涌动着一种气流，这气流与四周散发的一种神秘的氛围，一种泱泱几千年的汉民族的精神交织在一起，令人肃穆……

　　站在歌风台前，我突然有些疑惑，想这《大风歌》的诞生地，不过就是刘邦抒发豪情与流泪之地，但他的那几行泪水，是为自己如婴孩般初生的王朝担忧还是看见自己家乡大好湖山由于战乱而饱受蹂躏而心酸？或者，干脆就是衣锦还乡的他对于父老乡亲们的那一份深深的"近乡情更怯"？

　　神奇的土地当然自有奇妙的地方。一块生长猛士、生长风骨、生长《大风歌》的土地，何尝不会生长泪水、生长柔肠、生长鲜花？！

　　歌风台无语。

　　我亦无语。

访天台山不遇

　　本来是想上天台山的。天下叫天台的山很多，印象中的是在浙东。但这里的朋友说，神木县的天台山群峰竞秀、气势雄伟，值得一游。于是驱车前往。车从大柳塔出发，遗憾的是车还未过神木县城，即被堵在路上。前后加塞，轰隆隆的是巨大的运煤车的鸣叫声。这庞大的钢铁物件一辆接一辆的，就如一条巨龙趴在神木的路上，一动不动。两个小时的路程，竟用了三个多小时。

　　终于看见写有"天台山风景区"的游览指示牌。心中一阵窃喜，就随车子折进上山的路。这才发觉车原是沿窟野河走的，只是因堵车的缘故，一河两岸，黄土青山，红枣绿树，都看得不甚了了。这回看清窟野河了。河水潺潺湲湲，风从河滩的绿树丛中吹来，颇感凉爽惬意。一河两山和那辨不清方向的风，使人想见天台山的欲望就更强

烈。大口地呼吸着清新的空气，随车向前走着，突然，司机"啊"
了一声，未来得及反应，他就停下车向前走去，顺着他的背影，
我发觉上山的路被塌陷的落石流土堵塞了，一堆石块就像一只只
拦路虎。"路被堵了，河滩上又过不去了，咋办？"司机说。正
说着，后面又来了几辆车，都是要去天台山的，下了车，碰到一
起，脸上都露着失望。我心里凉凉的，一脸沮丧。"还是缘分未
到天台山啊！"同来的朋友仿佛看出了我的心思，安慰着我，也
宽慰着自己。

　　望望天色，时候还早。朋友说，那我们就去看看黄河吧！
那里有西津寺和古镇。客随主便，心里没多犹豫，车也转头就
走。这回，窟野河被远远地抛在身后，眼见的就是黄河滩和那一
河的水了。黄河自然比窟野河辽阔得多，河水浑黄，浅浅湍急地

流着，没有想象中的咆哮，或卷起的惊涛骇浪。河边甚至有嬉戏的孩童，有停泊的渔船……朋友说，这河里生长着黄河鲇鱼，以前这里人不当回事，现在却成了桌上的佳肴，捕鱼的人也多了起来。看看河里，果然还有人在捕鱼。河边的河滩枣树成林，高粱吐穗，瓜果绵延几十里，映得黄河一片青绿。很快到了西津寺，寺庙建在黄河岸边的高崖上，沿陡峻的石坡而上，只见一古庙，说是始建年代不详，但在元明清时却是香火鼎盛。一段石阶，跺脚而鸣，空谷回音，悠然悦耳。曰："佛音阶。"过了这阶，进得寺庙，庙里并无和尚，大雄宝殿等供菩萨的红庙静悄悄的，院中有一古柏，仿佛经年，一对石狮，也饱含苍凉。寺庙背后，稀稀疏疏挺拔着几株古柏，苍遒有力，郁郁苍苍，可见是这山水灵气氤氲之致。难怪寺庙门前书有"仰望十万古柏塞下秋来风景异，远眺九曲急峡黄河之水天上来"之句。

下得寺庙，朋友说到前面的古镇看看。司机二话没说，便又掉头前行，走了七八里路程，即到了一古镇，镇名"马镇镇"。一到这里，陪同我的朋友便兴致勃勃、口若悬河、滔滔不绝地介绍着。弃车步行，随他跳过一小溪，便进到了镇里。迎头有一棵古槐，硕大粗壮，满树婆娑，树枝里绽出簇拥的拳头大槐花。几位老人或皱纹满脸，或胡须尺长，全蹲在镇的洞门前、槐树下交谈。见一古戏台，有"天宝梨园"的字样，问曰："戏台?"答曰："是咧！是咧！"全站起来应酬。古镇巷道长且弯窄，古时建筑与新建的房屋挤挨在一起，半新不旧，半旧不新，透出一种岁月的苍茫。镂空雕花的屋匾、"贡生员""耕读传家"的门额，还有废弃的铁锅、石磨……都显颓败而了无生机。及至走到写有"供销社"字样的旧址前，朋友一下子情绪高涨起来，说他曾因公务

来过这里，那天天热，他把衣服脱了丢在供销社里，就径自到黄河里洗澡去了，一晃竟有二十年了！说着，站在那旧址前就一阵唏嘘，令人疑心他在这里有一段浪漫的记忆。但朋友没说。只是路过一户人家，他就与女主人拉呱起来。那户人家邻居的房子镂花雕景的匾额虽被风尘腐蚀，却气派犹存。一打听，那女人说，这里原是我们村领导的家，只是他的两个儿子都做了官，搬到城里去住了。再看那房屋院落，果然是很久没有人迹，几成废墟，遥想这里昔日的气派与繁华，心里惘然。

七弯八绕的，发觉自己在镇子里竟流连了很久。出得镇口，见一人正坐在墙角吃饭。抬头望望，这才发觉夕阳西下，我也是饥肠辘辘，而马镇镇炊烟袅袅，果然是农家烧饭、吃饭的时间了。终于，走到镇边的水泥公路上，见公路两旁一排崭新的电线杆耸立着，朋友好像意犹未尽，恋恋不舍，但终是离开了——回路再经天台山下，见那斜阳如血，涂染在窟野河上，竟显现一抹昏黄的山影，天台山这回是真的无法亲近了。

走森林

　　没想到在短短的几天就转了一趟镜泊湖与伊春的原始森林。时序刚交八月，但八月的阳光在白日里依然灼热。猛然走进了森林，耳边远去喧闹的人声，面前也没有了嘈杂凌乱，高大的树木和遮天蔽日的树叶伴随着草木的清香，就像水一样漫过全身，浑身有一种说不出的轻灵和投怀入抱的爽朗，这样走在森林里，就仿佛走进了另一个世界。

　　一听到镜泊湖的地下森林，我脑海里就没来由地翻腾了一阵，但怎么想也想象不出那是怎样的一片林海，树木应该是在洞里，还是地上地下的疯长？及至从陡峭的林间台阶一级一级往下走，才发觉所谓地下森林，只是因为火山爆发而造成一片巨大的落差所致。森林当然还是长在地上的……红松、杉松，还有许多叫不出名字的高大的树木在头顶上高高矗立着，一棵紧挨着一棵，生机勃勃、静享日月。外面是有阳光的，阳光从森林上空射来，只一抹亮，树叶完全遮蔽了日头。鸟声高远地传来，没有风，空气却异常的新鲜，刚进森林时的满身臭汗，一下子就被什么吸干了，只觉全身凉飕飕的，奇妙无比。

　　沿着台阶慢慢地往下走，突然感觉身子仿佛被森林里的树叶托举着，在缓缓轻放。大多数的树木长得笔直，但也有摆各种姿势的，或抱成一团，或一树两干，一行人见到这种奇妙的树不禁失声惊叫。更有声音从上面或下面传来，只是这声音在森林里少了些乖戾之气，像一滴水珠从树叶上落下，显得朴素而自然。说这里火山爆发，山脉被切成了突兀的峰峦，火山过后，树木生长，林木填满了沟壑，便成就了这样一片森林。绿叶郁郁葱葱，很让人生出幻觉，感觉这片森林就是那火山爆发的火焰，由红变绿……只是那火焰绿得有些浓烈罢了。

　　与镜泊湖的地下森林相比，伊春的红松就显得有些彬彬有礼了。因了游览的需要，树林间铺了一条木头栈道，红松身子一律高挑着，百年抑或数十年的森林在头顶上苍翠着，若隐若现的红，如梦如幻的绿，尽现韶华之美。信步走在林间栈道上，耳畔传来隐约的涛声，面前时常有小松鼠匆匆溜过，横卧石溪的古松，丛丛簇簇的菇类，零星小雨时下时停，林子里罩了一层雾

气，林深处显得有些清冷，就感觉林子的不远处就是大海，仿佛有一树妖在暗处灵光一闪。我独自走了一阵，后面的人就跟了上来。一路走，大家一路一棵棵地数着树。原来，这栈道旁的树都有领养。导游说，某某大树是某大官领养的，某某大树是某大商人领养的。我这才看清，原来这些树都是挂有牌牌的。

问：有一般老百姓领养吗？

答曰：有，不在路边，在里面。

于是，就信步走下栈道。果然是有，却是路人看不见的。树的领养也分级别？心一动，突然就明白了什么叫达官贵人，什么叫一介草民了……回到栈道，见路边一棵大树醒目地倒伏在地，大家都没看清领养人的名字。导游却开起了玩笑，说，这也是一个大官，因为贪污被抓，没空儿顾及这树了，惹得人们一阵唏

嘘。人或有善恶，树却是有涵养的，但愿只是玩笑。

再在森林里走，脑海里受了那分级别领养树的影响，忽然就感觉那些树都是一些孤儿、养子，心里便不由得怪异了起来。这样，不知不觉脚步就愈加快了些。面前，当然还是葱绿的林木，只是太阳出来了，阳光如蝶般照在林间，林间发绿的溪水哗哗有声，如同森林的笑。又有鸟声叫起，鸟语松香，就觉得身上有什么东西宛如松子一般掉落下来。身轻心静，犹如刚刚完成了一次森林之浴，顿有无限出尘之感。

杭州的绿

  杭州的绿铺天盖地，是流淌着的。树木就像伸着无数的绿的舌头，一块块草坪就像空中飘落下的一片片绿云，水鲜活活的，一湖的灵动，就像跳跃着的绿的精灵……城市自有自己的颜色，杭州的绿，或像一匹硕大的绿绸缎扑闪着，或像一杯新沏的龙井茶，在透明的玻璃杯里缓缓舒展，沁出一缕缕的清香，布满了城

市繁华的夹缝。杭州，因这流淌的绿色就宛若一块赏心悦目的
玉了。

　　绿掩埋了杭州的一切，典型的例子就是西湖博物馆，不仔
细看，谁也想不到那草坪下就有一座现代的博物馆。杭州的朋友
告诉我，为了西湖，这博物馆最终建造在一片草坪与树木的林荫
里，让巨大的绿色覆盖了起来……柳浪闻莺、曲院风荷、苏堤春

晓……西湖许多的地名，听起来就有绿意，就有江南的韵味，江南绿得能滴下一把青草的浆液；苏小小墓、白苏二公祠、西泠印社……许许多多杭州的名胜古迹，街道、古巷、溪流，也都在流淌的绿色里真实地存在着。当然，最大的绿就是西湖了——湖水是绿的，所谓碧波荡漾，倒映着湖边无数的婀娜杨柳，绿是益发的郁郁葱葱，如玉叠翠。荷花绿得胀了起来，就像一位孕妇，艳红的莲花仿佛孕妇的笑脸，在绿荷的映衬下，红红的惹人怜爱。苏东坡说："水光潋滟晴方好，山色空蒙雨亦奇，欲把西湖比西子，淡妆浓抹总相宜。"杭州的绿淡妆浓抹得恰到好处。

　　与别的城市一样，杭州也在炫耀着现代都市的繁华，炫耀着绿。杭州的绿是安静、温软的，也是鲜活的。是翡翠、是玉、是丝绸、是湖水、是茶叶、是喧闹中泛的绿光，是安静里如春的温暖。城市是愈加的繁华，现代文明的繁华夹杂着南宋的凄婉，夹杂着古老的艳丽与传说，这艳丽漂泊在西湖的水里，在西湖两岸的茶坊酒肆里，在璀璨的灯光里，暖风照面、扑朔迷离。印度人婆罗多牟尼说"艳情是绿色"，杭州的绿真的充满了许多艳情的色彩。因了这绿，梁山伯与祝英台在杭州的绿色中迷失，同窗几载，十八里相送，留下的是凄艳的爱情悲剧；也是这绿，让修炼了千年的白蛇忍不住寻找到了许仙，留下一个白娘子迷离的传说……水漫金山，雷峰塔、断桥，都在杭州的绿中颂扬着传奇，千古缠绵，含翠欲滴……

说杭州是一片硕大的绿叶不算为过吧？首先是桑叶，那桑叶不知何时就生长在杭州的山水之间，一丛丛、一簇簇的，一望无际的绿。有了桑叶，就有了蚕、丝绸、旗袍，有了女人的温婉可人和亭亭玉立。那丝绸抖搂开来忽然就遮蔽了整个杭州，杭州裹在那丝绸里，一股华美之气便飘荡在杭州的上空。然后是茶叶，也是一丛丛、一簇簇的，一望无际的绿，让人总感觉那里有无数的绿衣少女在绿色中走动，鸟雀啁啾，蝉在鸣唱，她们摘着茶叶，身如舞蹈，然后揉着那一把把的青绿，揉出清香，泡在龙井的水里，透出的绿就洇润了杭州，洇润了一大片中国……再就是桂花的绿叶了，那一株株掩映在树丛中的桂花的绿叶，不知不觉地就结出喷香的米粒，馨香弥漫整个杭州，使白居易"山寺月中寻桂子"……

一片片绿叶喂养大了杭州，喂养大了一个城市……杭州就这样坐落在一片片桑叶、茶叶和桂花的绿叶上，如一位入定的老僧，如灵隐寺的钟声，从从容容地活在绿色的时光里，传播着凄美，延续着古老、新生和美丽……都说："上有天堂，下有苏杭"，呵呵！原来"天堂"也是绿色的——绿得可爱、绿得明亮。

塞罕坝之旅（二题）

心灵的草原

　　眼睛被水灵灵的、鲜美的绿草供养、呵护着，天空瓦蓝，高远旷古。一抹雪白的云彩像一条白色的纱巾飘荡，森林似乎伸长了脖子，含情脉脉，羞涩而静静地期待着什么，那是爱情的信物吧？一阵民歌调仿佛从大森林深处传来。森林草原的天真蓝啊！

蓝得呈现出一种遥远和辽阔。"塞罕坝！塞罕坝！"（蒙古族语美丽坝上）我喃喃自语。站在这美丽坝上四下张望，我发觉阳光将这种美丽渲染得异常金黄、明亮和平静。

"解放区的天，是明朗的天……"还依稀听到草原的心情和歌唱。

说这话不是调侃，在塞罕坝木兰宾馆，我觉得一位看车的老大爷就有那种解放区人民翻身得解放的心态。这位典型的蒙古族汉子，今年六十九岁，来塞罕坝已经六年了。他说他从来的那天起就不想走。他把一个女儿嫁给了一个城市。"今年，她还接我去住了几天，哎呀，那儿热得不行，俺就赶紧跑了回来，还是俺这儿好！"老大爷脸色黑里透红，牙有些发黄。他说他在这儿看车子，每月三百块钱，倒不是这钱，他最害怕的就是车子："嘿！那东西跑起来一溜烟，尘土飞扬的，把树都染得灰不溜秋的。车子一来，这儿就不安宁了！"

草原森林惺忪着眼睛，似乎也诧异地凝望这些怪兽。我岔开话题问：塞罕坝大吗？老大爷说，塞罕坝草原说大也不大，相当于中国版图的千万分之一。但要是扩大一千万倍，那中国可以说就成了一个草原中国、花园神州了。"哎呀呀，你们咋不把自己住的地方弄成这样？"我无言以对。

荫荫森林遮蔽着，森林草原的早晨看不到太阳。天空瓦蓝，一尘不染，阳光不知道从哪里来，如水一样清澈、凉爽。草原上生长的落叶松、云杉、白桦林和各种颜色的花草，散发着一种宁静得让人痴迷的草木气息和花香。草原上的鲜花袅娜开放，溅起一天的星星。树叶被潮湿沾得露出一层毛茸茸的白光，草丛上的露珠孩子气地眨着眼睛，一切都充满了青春的生机。忽地，我发觉草丛里有两个硕大、晶亮的蜘蛛网，那网丝均匀、细腻、平衡。我蹲下身子，透过蛛网就看见那网生动得像是两幅壁画。只有森林里的蜘蛛才有这份悠闲和艺术，它似是森林王国里的一个隐士……但很快，我发觉三两只蝴蝶飞过来，扑在上面痉挛了几下，竟动弹不得了。高悬的蜘蛛网仿佛森林王国的雷达。

森林草原有它生存的自然法则。

而在这森林草原之外，那里自然的法则已使那里人们的情绪显得暧昧和焦虑。持续了一个星期的四十摄氏度高温，热浪正袭击着城市。阳光似乎要把那钢筋混凝土、金属、玻璃通通熔化，人们挥汗如雨，地上青烟弥漫，大地如一个庞大的蒸笼……人类已被自身的生存环境弄得焦头烂额。同行的老作家郭秋良先生告诉我们：塞罕坝这个著名的木兰围场也有过它的不幸遭遇：清康熙、乾隆两代这里是皇家的一个猎场，那时，皇帝几乎每年都

要来此"木兰秋狝"，猎获鹿、虎、狍子、野鸡……可到了道光
年间，这大片森林却因为国库的亏空被开围砍伐，到了慈禧的时
候，郁郁森林草原就变成了穷山荒滩。军阀混战、土匪啸聚……
后来地表遭到了严重破坏，气候变得异常恶劣，夜间爆冷，白昼
暴热，沙化与西伯利亚的狂风如铁木真、努尔哈赤的铁骑席卷而
来……人们实在看不下去了，20 世纪 60 年代，坝上人在这里扎
下营盘，开始治理了。如今，这里 94000 公顷的森林草原，落叶
松、黑松、白桦林形成了绿色的海洋，不仅挡住了寒风，保持了
水土，也涵养了水源，密密的森林草原还招回了马鹿、梅花鹿、
狍子、兔狲、野猪、野鸡……

　　我所下榻的房间，凑巧床头上有这样一幅画：蓝天、白云、金黄色的白桦树。一幅褐色木质镜框镶嵌着，一切都显得十分简洁和干净。有风从上面轻轻拂过，凝望着这幅画，我想起与老人的最后一番对话：

　　"这里有什么好？"

　　"天是蓝的呗！"

　　"蓝天？"

　　"嘿嘿！蓝天！"

　　晚上，我被老人的笑声感染得兀自激动起来。不由自主地站起身子，慢慢踱到了窗口，此时的草原如一个睡熟了的婴儿，月光轻轻地抚摸、摩挲……蓝莹莹的天空里，一只洁白的仙鹤从草原的湖边掠起，在天空盘旋、飞翔，森林草原丝丝缕缕地被羽化得异常的清新、沉静。我心里忽然一动：那洁白的仙鹤不正是我这被森林草原洁净、滤化的心吗？

马背上的草原

　　鹰是高山的灵魂，骆驼是沙漠中的方舟，那马就是草原上的精灵了。像在南方的田野看见耕牛一样，一到塞罕坝草原，我见到那些马便肃然起敬。心底莫名地产生出一种亲切感，早已按捺不住的一颗活蹦乱跳的心，便随着嗒嗒的马蹄声放逐在草原上了。

　　那是一匹白色的高头大马，肚皮浑圆，毛色油亮，手摸上去有种奇异的柔软的感觉。几乎没有讨价还价，我就毫不犹豫地从主人手中接过缰绳，娴熟地翻上了马背。哟嗬嗬！我感觉两耳生风，草原呼啸着逶迤而来，又奔驰而去。心灵一种积淀了很久的东西，在草原上渐渐剥落、散尽……马如闪电、灵魂像风，我似一个追风少年。塞罕坝草原也在面前变得迷离、宽广、遥远和朦胧……

有马的草原一定水草肥美，鲜花丛生。

马蹄美丽地轻轻叩踏着草原。霎时，我仿佛看到草原上龙旗猎猎，辇车浩荡，万马奔腾……康熙、乾隆皇帝在皇亲国戚、王公大臣的簇拥下，突然策马而来，硕大的箭弓弯成一轮满月……马蹄嘚嘚处，绿草翻飞，鲜花萋迷，一只矫健的长颈鹿在围观中惊慌失措，时而奔跑，时而恐惧地哀鸣。身后，一支长长的箭矢横空而来，一道红光，呦呦鹿鸣……那哀怜的双眼在历史中定格成一幅永远的狩猎图。

这不是我的想象——是历史。据说清代的塞罕坝河流蜿蜒，青草葳蕤，森林蓊郁，禽兽麇集。民谚就有"棒打狍子瓢舀鱼，野鸡飞到饭锅里"的说法。自从清顺治年间将这里圈成皇家的木兰围场，这里就成了帝王的乐园。在深宫红墙里待久了的皇帝们，一方面在这里进行秋狩之典，借以

活泛手脚，猎些野味；另一方面"肄武绥藩"——拉拢、臣服少数民族。朝代更迭，时序变迁，康熙、雍正、乾隆、嘉庆……皇帝们每年都要到这里巡狩，王公大臣、将军、八旗兵及少数民族的头头也总是紧随其后，龙旗飘扬，辉映着一支浩浩荡荡的狩猎

大军，千军万马、纵骑驰骋、射杀取乐……

一切都随着京都圆明园的那场大火江河日下，烟消云散了。远逝了一个朝代。皇家禁地终于成为平民的草原。现在在我面前，树木、草原已不是清代时的模样；皇骑奔突追杀鹿、野鸡、野猪也成为遥远的传说。在我的胯下，这马也不再清代，远处，主人长长的一声呼哨，它就停下来了，耷拉着脑袋，转悠到了主人的身边。

"这马能跑吗？"我问。

"能跑。"主人回答道。

"能跑，为什么不让它跑？"

"可以跑。"主人嗡嘤着声音。

立即，我明白了他的意思，赶紧掏出十块钱。他将钱塞进口袋里。胡乱地呵斥了一声，马果然又在草原上撒开了蹄子。

谁将一方黄黄的手帕遗落在草原上？那金黄的颜色在无边无际的绿色海洋里金黄欲滴，灿烂如霞，似乎是一股熊熊燃烧着的黄色火焰。我驰马奔跑了一会儿，又停了下来，我随它转悠着，映入眼帘的是一大片油菜花。油菜花散散漫漫生长在草原上，白的、黑的以及黄色的蝴蝶在花丛中翩翩起舞，嘤嘤歌唱，周遭弥漫着沁人肺腑的花香。三三两两的，一些人站在那里照相，还有人大把大把地摘着油菜花。突然，我听到一阵争吵声。原来一群外地游客，只当这是草原上的别样花朵，正兴致勃勃地掐花，编织成花环戴上头顶呢……

愚昧和无知总使人变得贪婪。如果说，当年人们盲目的开垦造成草原沙漠化，人类由于付出了惨痛的教训和血的代价而意识到并着手退垦、植树、还草尚有希望的话，心灵沙漠化的改造

却不那么容易了，真正的草原，天经地义生存的就是草原民族，草原应充满着强悍和飘逸……天穹似盖，马蹄嗒嗒。可是眼前，那被马背轻轻托起的草原，已在我们的心灵悄悄流逝了，"昔日雄风今何在"？我忽然觉得我的行径与摘花的人们也没什么两样……顿时，我兴味索然。

我把马交还给了主人，满腹苍茫。

大峡谷三题

观　瀑

夜里躺在大峡谷宾馆，不知怎的，我满耳都是瀑布声。声音或轰鸣如雷，或隐隐如鼓，或铿锵如钹、如锣……房的四周，全是刀砍斧削般巍然耸天的悬崖峭壁。没有月亮，夜间我在小镇上胡乱地走了一通，人家窗棂里的灯光兀自浮着，有些暧昧。暧昧而有水声，大峡谷就显得异常寂静，山峦也如影子般若有若无了。

对于太行山，因读过"愚公移山"的故事，我知道有太行、王屋二山，但已被"愚公"移走了。没想到巍巍太行山，怪石嶙峋的大峡谷却同样有着江南的姿色。说起江南，山水总是相连的，但这里不仅有江南山水的逶迤和秀美，还因这北方，山更峻峭，拔地而起的悬崖绝壁，或斑斓如虎，昂首长啸，或似苍鹰张开巨翅，直逼青天。有峰处必有水，水清澈见底，如雪如银，如果不用手掬起一捧，感觉有些硬，有些黏稠，差不多与江南的水也如出一辙。倒是因这"硬"，水便出入有形、溅珠泻玉、生龙活虎。算起来，黑龙潭里的水要潺湲一些，导游说，黑龙潭里的

鸟、蝴蝶、蜻蜓都染了黑色，偶尔见到还真的黑如墨点，倒是水漾着雪白的沫，顺着峡谷流泻，声音哗哗，落差小，瀑布也小，层层叠叠，一瀑一潭，如晾着一沟的白绸。然而，转身走到瀑布之上，陡然水声潺潺，仿佛那白绸被人收走了似的。沿龙潭溯流而上，见几处瀑布，竟屡试不爽。瀑布跌处，那巨大的岩石被冲成一个石湾，圆滑滑、光溜溜，就是人工打磨，怕也没那么圆润，水石相击，大自然的鬼斧神工让人叹为观止。

太阳虽然照在头顶上，但三叠潭却是一片清凉的世界。走进潭里，一条巨大的瀑布飞流直下，水歇处自成一湾碧潭，水如氤如氲，如翡如翠，声若松涛阵阵，便赖在潭前的石椅静听那涛声，不想悬崖峭壁上却有一条栈道。导游说，三叠潭曰福、曰禄、曰寿，潭潭有瀑布，大大小小二十四潭，便有二十四条飞瀑，于是起身上栈道。栈道建在水上，水流湍急，溅玉飞珠，粒粒晶莹。一路走，一路水声不绝于耳，脚仿佛就踩在水里了。瀑布横空出世，听那声音虽从脚下发出，却似利剑出鞘般在头上咆哮长鸣。仰头见山，山是雄浑峻拔；低头看水，水是粗野如龙，整个峡谷似乎都在动……总以为太行山满目灰黄，旱地连天，没想到这里泉涌水泻，恍若一座"水山"。神奇的龙眼瀑，貌似干涸的悬崖一线飞瀑漂流而下，细如彩练当空，看那瀑布出处，恰如一喷水的龙口。侧看，还有一只巨耳，瀑布就似耳垂上的挂链。及至女妖洞，高大的悬崖突出一圆圈，犹如人体，瀑布似乎就从"生命洞"里喷射而出，那沾了生命气息的水飞溅不止，使整个山崖都在一面巨鼓的擂动声中颤动，让人陡然生出无限的生命之感。

大峡谷里随处见飞瀑，一瀑一景，可以正看，也可以侧观，还可以无所畏惧地走到瀑布下。我走到青龙峡的瀑布下，听那飞瀑从头顶轰然而下，那瀑布源源不断、生生不息，声音嗒嗒，如万马奔腾。双眼被这水覆盖着，透过瀑布望青山高悬，朦朦胧胧，就感觉自己置身于传说中的水帘世界了，伸出双手，我真想扒开那如水的帘子，像那孙猴子做一回"齐天大圣"，但瀑布密不透风，压得人喘不过气来，隐隐地，只有一阵阵滚雷从远方的天际碾来。不在江南，在这黄土高坡，在石堆石砌的太行大峡谷，这么集中地观瀑我还是第一次，难怪几天下来，我满耳都是瀑布声了。不知道终日生活在这瀑布声中的山村人是怎样的一种感觉，枕着这滔滔瀑布声，反正我是无法入眠。

大峡谷的风

风从峡谷生就，猛地就朝人身上直钻，凉飕飕的，仿佛摄了人的魂魄，急匆匆又腾空而起，将人带入仙境；风又好像从谷口涌来，散淡地，如闲云野鹤，荡遍了峡谷的每一个角落，正如我们这群不速之客，走进峡谷，每一处景

点都不想放过，涉溪涧、钻石堆，一会儿瀑布之上，一会儿瀑布之下……不是随风潜入夜，而是随风潜入谷了。

这是峡谷夏天的风。峡谷春天里的风因濡染了土地草木复苏的气息，一定有浓浓的土腥味，可能还有懒洋洋的暖意和花开的声音。秋天的风伴随峡谷里的落叶，当然会有簌簌的肃杀之气，况且那高耸的峡谷已然就如刀如剑、如斧如戟……刀剑林立的山岩生发出的一股"杀伐"之气，也一定咄咄逼人，让人心生肃穆和绝望之情。冬天的风不必说它，峡谷里的每条沟壑仿佛都是"广寒宫"，每一缕风都像一支穿心利箭，刺得人心痛难熬，甚至干脆就将人冻成一根冰棍、一个雪人。大峡谷里的冬天，白雪皑皑、万里雪飘、冰封峡谷，本身就是一个童话似的白色世界。等到春天到来，阳光照耀冰雪，大峡谷银光闪闪，到处都是冰裂水滴的声音，开裂的冰和奔涌的雪水使大峡谷激情奔涌，一片璀璨。当地人说那时节只有"封谷"了……我们爬上"十八盘"，导游用手一指，说前面是刘秀隐身处，细看还真像，只是刘秀眼角一滴清泪明晰可见，都说男儿有泪不轻弹，何况他这位人中豪杰！我不想猜他的心思，只当他这泪就是被冻的，冻得直哭，算是有些孩子气。

夏天穿行在大峡谷里，风吹在人身上那才真叫舒坦！说是一座天然的空调，分明没有空调那股直入胸肺的闷气；说是置身于凉爽的春秋，谷外分明是烈日炎炎、赤焰千里，村头的黄狗都被太阳晒得直喘粗气。大峡谷便占了这"天高白日远"的便宜，高挂的太阳，东南西北都让高高的山峰遮挡着，风把半斜的阳光镀上一层水色，东边日出东边阴，西边日落西边凉……绵延百里的大峡谷，泉眼不断，瀑布如云，天上的毒日无法肆虐横行，地上的泉水却四处漫溢。阴凉生风，无论是在林海浓荫，还是在别有洞天的幽幽溶洞，当然凉风习习，让人暑热顿消。记得在同样的夏天，我曾到过承德的避暑山庄，那儿已物是人非，却是暑热难耐，与"庄"外毫无二致。住于京都的宫廷，皇帝老儿喜欢找寻清凉的山水"避暑"，没看上这"一夫当关，万夫莫开"的太行大峡谷，要说也是有眼无珠。

风在大峡谷低旋回鸣，风声过耳，摸不着看不见，只将悬崖峭壁镂刻雕空成一座座巨型浮雕，如人如兽、如禽如物，浮现出的是一种生命的气息，那些岩石接受风的柔软的抚摸，一个个变得玲珑剔透，还昭示着一种存在的质感。连那满目的草木花果、青松翠柏在风的抚慰下也旺盛、恣意地生长着，全都仰着脖子，招展着绿色的小旗。当然，在风中最为放荡不羁的还是那大大小小触目皆是的瀑布了。由于风的撩拨和滋润，大峡谷里的水便格外张扬着生命的激情，如风中的舞蹈和歌唱，随着瀑布的飞腾，我看到风的颜色忽白忽绿；随着突然掠起的一只青鸟，我看到风又变成了青色；而在紫团山溶洞，在那朝霞灿烂或夕阳余晖之中，我还看到那风是紫色的，赤橙黄绿青蓝紫……终日被这有颜色的风蒸腾着，就难怪当地人常常引吭高歌，说"古壶关咏叹，风从太行来"了。

梦里依稀

壶关太行山里散落的村庄，灰楼黑瓦，在树的掩映下，似一幅幅20世纪70年代的国画。站在高山寨上望，那些画面立即把我拉回到那"人欢马叫"的岁月。这当然不是梦，但是回到青龙峡的后脑村，我常常恍惚如梦，仿佛这就是我曾到过的地方，一切都那么熟悉：四周的高山刀削斧砍般耸入云端，山下青枝绿叶相互交错，树丛中，错落有致地居住了几十户人家，一条潺潺的溪流从村庄中间蜿蜒流过，溪边有水碓、石磨，猪圈、菜园什么的，门洞大开，一副路不拾遗、夜不闭户的样子。

我说恍惚如梦，因为那时我发了一阵呆。这情形我已有过几回，一次是在陕西韩城的党家村，那天车子一进村口，我就这样发呆，赖在车上就不想下来。那样的村落我分明也十分熟悉，随着朋友在村里走了一圈，青石铺就的巷道、塔楼，一座座豪门宅院和书香门第，尽管并不是我梦里的内容，我也无法深入其中，却唤醒了我的某种记忆……我出现在村子时，村里人正在吃晚饭，因为这里已是一处旅游的村落，他们站在屋檐下，望着我们这群不速之客，神情漠然，习以为常。我旁若无人，大踏步地径直走着，如鱼得水，一会儿就"游"了出来。后来，我就坐在车上一言不发，努力搜寻记忆里是否到过，但是没有，心中便添了几分莫名的诧异。

浙江的雁荡山，我到那里时是一个细雨霏霏的季节。走进大龙湫，站在那几座圆柱似的巨大山峰下，我也有过梦里依稀之感，那情形似乎还与我亲爱的外祖母联系在一起。梦里的外祖母，似乎住在两峰中间的房子里，只是那屋子绝没有面前这雕梁画栋、飞檐翘角式的建筑的奢侈。四周耸入云霄的高峰，须仰着脖子才能看见。但那里祥云缭绕、仙气缥缈，祥花瑞草开在悬崖孤壁上，险峻美丽，咫尺之遥却无法触及。外祖母已仙逝多年了，按老家人的说法，梦见死人并与之对话很不吉利。自然梦里

我也说不出话来，因为只顾仰着脖子看那高山，脖子一酸，人也就醒了。醒了，懵懵懂懂，我还久久回味着那奇怪的梦。

佛家有着前世今生投胎转世的"因果报应"之说，依此解释倒也简单。但我生性是一个不懂前世，也不信来生的人。记得小时候，我喜欢坐在家门口仰望家乡雄奇灵秀的天柱山，心向往之，却不能至，心里长久滋生出的恐怕就是对于大山神奇而美丽的幻想。这些年我走过的中外城市也不在少数，但在那里我心里都没有那种一"咯噔"，仿佛梦里到过的"依稀"之感，相信这只是我生活和成长的乡土背景凝结于心的幻影。久久徘徊在大峡谷这古朴的村庄，这回，我实在忍不住了，就问同去的一位朋友，他说，他也有过这种"事情"，仿佛到过，细想还真是没有，说不清楚。

　　是说不清楚，但我喜欢他用的"事情"这个词，是的，这是一件事情——我到青龙峡的后脑村就是一件事情……从一处狭小的关口沿一条宽阔的水泥路进村，四周依然是壁立千仞的高山，几无出路。一侧高高的山峰上，有一个洞口大开，如挂在天上的一轮明月。"月亮"的下方，一面绝壁上黑黝黝地竟呈现一尊佛像，当地人称"观音菩萨"，一泓清泉恰好滴落在观音菩萨的莲花宝座上。看村里的房屋，似乎都是 20 世纪六七十年代盖的。大家笑着说："这条峡谷，要是敌人来了，守住谷口，关门打狗，一个个都插翅难飞！"这当然是玩笑，也不是我梦里曾有的情形，但这几十户人家长年累月居住在这村子，一切便显得遥远而古朴。而这，就足可以让我如入梦境，唤醒我的关于乡土的记忆了。

寂寞的菩提

　　一个作家的山水之缘总是奇特的。"江山也要文人捧"，其实，文人"捧"的不只是江山，还有他们心头上的那永劫不灭、难以释怀的一盏心灯。因为对于真正的作家来说，山水正是滋养他们灵魂的甘露，是他们在寻找精神家园的过程中，迢迢心路历程中一处最为轻松和自然的驿站，是他们心灵婆娑的一树菩提。

　　在天柱山，我听作家邓友梅讲了一个真实的美丽感人的故事：多年以前，日本作家水上勉来到秀丽的天柱山，在他心怀崇敬的禅宗三祖寺悄悄拿走了一粒菩提籽，种植在家乡樱花、秀竹的院落。不想，这菩提籽竟然发芽、长大了……身居岛国，白发苍苍的水上勉面对这株从异域而来的菩提树，心里摇曳出一份浓浓

◎ 作家 邓友梅

的感恩之情……也正是这种情愫，成就了中国作家邓友梅与天柱山的缘分。为了却异国作家的心事，邓友梅不声不响来到三祖禅庭，代水上勉还了心愿，又悄悄地回去了……

尽管一切都是在悄悄中完成的，但邓友梅先生第二次来到天柱山，还是忍不住讲出这段故事。这时我发觉天柱山实际上也已成为作家邓友梅心头上一个无法释怀的情结。

顺着邓友梅先生的话语，我脑海里立即闪现出水上勉与那株菩提寂寞相视的样子。而这，又使我奇怪地想到我所崇敬的天柱老人乌以风与天柱山寂寞相守、顾影自怜一生的情景。一个人游遍天下名山容易，而终身厮守一座山殊非易事。一生都为一座山修路、建亭、修志更是难上加难。这一切乌以风先生都做到了。我无法知道人终其一生守着一座山是什么滋味，但我至今忘不掉，我在与晚年的乌以风相识时，他那平静得像一泓秋水般澄澈的嗓音与胸怀。他仿佛就是一株寂寞的菩提，寂寞得以致作家余秋雨寻找寂寞的天柱山，竟然忽视了他的一生和他那本厚厚的《天柱山志》。应该说，余秋雨对天柱山灵性和沉重的寂寞的发问是准确的。寂寞就是这样的"擦肩而过"。

"天柱通神！"作家王蒙为天柱山喝彩。

"天倚此柱，地挺乃峰！"作家张贤亮深有感触。

"野性并诗心，原来俱在此。"这是作家邵燕祥的惊叹。

也许，现代的作家们已无法重回闲适的古典和浪漫了，但我还是惊异地发觉，他们对天柱山水的文化咀嚼和对这山水的理解与认同竟是惊人的相似！

诚如陶渊明悠然见南山，是采摘那株精神的菊；李白纵情山水，是不愿摧眉折腰事权贵，梭罗结庐瓦尔登湖，就渗滤进湖水美妙的思想及人格……天柱山，作为人类人文精神中的一个驿站，

成为文人心里能够点燃或辉煌、或平淡、或失意的人生灯盏由来已久了……李白、王安石、苏东坡、黄庭坚都曾在这里留下了一个个"万里归来卜筑初""待吾还丹成，投迹归此地"的精神慨叹。直至今天，我们也许还会责备他们留下空洞洞的豪言壮语而无法兑现，但又有谁能够否认，天柱山不是他们漫漫坎坷人生路上的一盏心灯呢？对于他们，我想无论是在宫廷深深的黄瓦红墙内的忧愁，还是身居自然，在满目繁花的喜悦中，天柱山肯定都在他们脑海里倏忽闪亮过，且照亮过他们一段或失意灰暗或得意光明的人生之路。有时，山水就如水上勉悄悄拿走的那一粒"菩提籽"，是他们心灵生长的一株精神的菩提。

试想，当他们在怀想到天柱山时，天柱山那刚劲峻拔的山峰与脊梁尽管孤傲，但又该是何等的苍劲和有力？天柱山那份自然和恬静唯其寂寞，又是多么的平和与冲淡？汉武帝封岳是禅封，隋文帝废岳是禅废，当一个人经历过从生命的高台跌入荒凉的深谷，"寂寞开无主"，悄然独拔，未尝没有一副铮铮铁骨而凸显出的大彻大悟后的化境！

缘此，天柱山也是一株寂寞的菩提吧？

陌生的停靠

这是不久以前的事。我们乘坐北京至攀枝花的 117 次列车，在车上，大家莫名其妙地兴奋了一个整天。到了第二天下午，又都不约而同地扔掉手中的书，还有扑克、象棋什么的早早入睡了。直睡到夜里，我做了一个梦，被梦里的事物惊醒，睁开眼，我这才发觉，列车不知什么时候在什么地方停了下来。

没有车轮撞击的"哐当哐当"声，周围便显得格外的静谧。只是车厢里旅客的鼾声此起彼伏，十分刺耳。我害怕这声音打扰身边陡然出现的宁静，便爬起床，一个人踱到两节车厢的连接处。看着玻

璃窗外，月光粼粼的，像无数条小鱼攒到车子的周围，跳跃着、撕咬着……面前显出一片淡淡的山峰，远处的山顶上泛着一层白光，耳旁青蛙的叫声呱呱的，抑扬顿挫，在四周蔓延开来，一声声轻叩着月光，敲击着我的心扉，极具节奏感和力量。我心里突然涌出一种很少有的激动，有点儿小时候浑身一丝不挂地在池塘里沐浴的感觉。

从北京到攀枝花有两千七百多公里，要花五十多个小时。路途迢迢，我们知道枯燥是难免的，因而准备得非常充分，有的是打发时间的玩笑和差不多能维持两天的食品。尽管生活被偶尔推到不规则的状态，但有着一群情投意合的旅伴，旅途应该说充满了欢乐和温馨。大家平时相处在一座城市和单位，但因工作繁忙，也很少聚集一起，做一次心灵上的放逐。这趟旅行，从某种程度上说未尝不是一种休息。然而，没有料到的是，这趟车要穿越很多的隧道，这就让人（起码是我）感觉到有些特殊。以前常听去新疆的朋友说，当列车一天天穿行在戈壁滩上，四处没有人烟，没有生命，有的人差不多都会急得疯狂起来，我想这绝不是夸张。就像我们现在不停地钻山洞、穿隧道，立即就把人的心绪弄得很坏。但，比如人生的路，一会儿晴天朗日，一会儿又将你推到无边无际的黑暗之中——这是生命无法回避的一种暗，是当年人们曾付出艰辛劳动找到的暗。暗，此刻或许正是出路所在。

　　此时，夜已经很深了。人们安稳地睡在车厢里，即便有醒而起床的，也都没有下车的欲望。我伫立在窗前，听那一点儿也没有停止意思的青蛙叫唤声，用眼光打捞着如水的月光，便沉浸到一种久远的乡村气氛里，这种氛围也只有在乡间才会确切地体会出来。在这陌生的、莫名的大山里，一时阻断了城市的喧闹，我

就仿佛看见炊烟正从山间袅袅升腾，鸡鸣犬吠充盈于耳。记得在乡下，几乎每天我都能目睹太阳将村庄涂暗，月光将大地抹上清辉，那样的月色里，也总有两三个农人，荷锄扛锹，行色匆匆地往家赶……只是那时没到过城市，便以为人的生活都是这样，真是井底之蛙了。可没有想到，真正生活在大城市，却又常常被宁静的乡村生活感动得心旌摇动。退回去也就是一步之遥，但人已无法战胜自己，重新享受乡村的道德和良心了。

列车后来什么时候开动的，我不知道。我也不知道列车停靠的地方有着什么样的名字——它不是车站。但我实在地发现那一次陌生的停靠，让我的心灵获得了安详和欢愉，尽管就那么片刻。这就像有时我们坐在陌生的人群当中，由于疲惫而倚靠在别人的肩膀上睡了一觉；像是在人生的关口，有谁在暗中扶持了你一把。当你醒来或渡过难关，转过身，投去感激的目光时，那人早已消失在茫茫的人海中一样，他没有留下名字，只有那陌生的停靠给人一种温馨的回味。

雪　湖

　　那年的夏天特别的热。一位朋友挥汗如雨，大声嚷道：太热，太热。你多年没到过城南的雪湖，吃过饭，我们一起去那里走走。这一说，我的心里真的突然平静了下来。汉字便是这样神奇，在炎炎烈日里一提到"湖"字，况且，这湖字的前面还有一个"雪"字，便凉意顿生，清爽极了。

　　雪湖在城南，又名"学湖"，可能与宋王荆公在湖边的舒王台读过书有关。湖并不大，只是一片汪汪水里挤满了绿荷。那时，我的一位朋友住在湖边上。夏天，我最想去的地方就是雪湖。说来不好意思，其实我连买一台电扇的钱都没有。天一入伏，房间燠热，另外，怕也是孤寂无聊吧，起早或向晚的，一有空我就到雪湖走走，顺便到朋友家小坐。雪湖因此便成了我的一片心湖。当年，那湖边修路，我参与了设计和测量，每天忙到很晚才收工。太阳下山时，满眼都是那巨大霞光溅射着的绿荷。绿荷一路铺展，远远望去，阳光就像一个硕大的火轮轰隆隆地碾着荷叶的玉盘。那红、那绿相互交叠，荷叶便成了太阳的倒影，仿佛一颗绿色的太阳。霎时，天异常地亮，荷梗上的蝉唧唧叫唤，许多不知名的鸟儿及蜻蜓、蝴蝶在天上地下地飞翔，吱吱唧唧，一派嘹亮。看那翩飞的蜻蜓和黄的、白的蝴蝶，呼吸那绿荷的风，心情真

舒坦!

　　雪湖的清晨空气潮湿，大地也湿润润的。一张张荷叶在湖里恣意铺展，显得很阔绰，很像一位穿着土绸缎的财主，拄杖临风。荷叶上晶莹的露珠滚动，嫩得几乎要滴下来。太阳一出来，它立即被折射得五光十色，异常耀眼。不止如此，它还向荷梗延伸过来，仿佛给荷梗撑了一把小伞。"伞"下是一朵朵不知名的小花，那花的叶片，在早晨或阴天一般都紧紧闭合，直到太阳把那"伞"移开，它才大张旗鼓地开放。清清的湖水里，常出没的是几条鲇鱼，举着两根小胡须，张着嘴，在荷叶间游来游去，弄得水里一片喧闹。水深处，荷叶田田，该举的就举，该铺的就铺，花该开就开……往往在这时，湖上就会出现一两只细长的小船，船上立着一个

精瘦而黑的捕鱼人，挥舞一根长竿，赶着几只鱼鹰在湖上来回荡着捕鱼。秋天到了，采藕人又来了，他们光着身子下水，一弯腰，立马就举起一节白白嫩嫩的藕。藕在污泥里待了一冬一春，奇怪的是它们一出水，藕上虽沾满了泥，却依然雪白如胖手。即便在冬天也是。别的东西早已腐烂不堪，但它没有。它在冬天的泥里发芽、生长，到了夏天更是猛生猛长着。雪湖藕说是"九孔十三丝"，掐断也仍洁白无瑕，丝丝相连。间或，人们还会抓起一条草鱼，当地人称它为"混子"。那鱼在人的手中奋力挣脱，吓得人的手立即缩了回去，明知鱼不咬人，但人的手还是免不了缩回，让鱼溜走。可见鱼的爆发力也够吓人的。藕没有这个，所以采藕容易得多。

雪湖的坝埂上生满了青草，稀疏疏的还长了几株迎风摆动的

柳，一间人们用草和水杉搭成的草棚。夏天，草棚里坐着一位叼着旱烟袋的农人或一两个小孩看藕。坝的中间，是一条让人们的脚步踩出来的春泥小路。温暖的早春，人们走上这条小路，就有脱掉鞋和袜光着脚丫走走的欲望。那时，柔柔的泥巴从脚趾间调皮地冒出头，不仅泥土里沾满阳光的温暖和芳香直蹿入肺腑，贯穿整个身心，还有一种向上的精神，使人枯燥的灵魂一下子就如一粒种子在泥土里发芽、生根，就不感觉生活的乏味，甚至干脆就想做湖边的一株柳或一棵菖蒲，实实在在地生长。

转眼间就十几年了。朋友早已从雪湖边的那个屋子里搬了出来，而雪湖也已经被小城里不断蹦出来的大大小小的建筑物吞噬了许多。在雪湖边，我们直闹腾到很晚。回去时，分明大家都有了心事，是什么呢？却又说不出来。细细打量着夜色里的雪湖，我想，世事变迁、如电如幻。这一切的一切雪湖不知道，只剩下那绿荷知道、风知道。但，一种如泥土般朴素的感情油然而生，狠狠地攥住了我的身心。

未完成的旅行

北京人说春天是"春脖子"，当然是说春日的短暂。但去年北京的春天似乎迟迟莅临，又转瞬即逝，简直是连"脖子"也没见到，就进入了烈日炎炎的夏天。头一天，身上还穿着一件薄薄的棉袄，第二天穿上短袖都挥汗如雨。只是眼前的植物郁郁葱葱，仿佛春天里它们没有尽兴的表演，攒足了劲儿就在夏天里疯狂地长。若不是知道节候是夏天，觉得嗅到的该是浓浓的春的气息了。

记得去年春天里去了一趟白洋淀。白洋淀因小说家孙犁的《荷花淀》，在印象里总有茂密的芦苇在风中摇曳着，荷叶田田、花团锦簇，人在荷花丛中穿梭，荷花的清香里就有一阵阵歌声响起。然而到白洋淀一看，面前的芦苇只浅浅一层绿芽，荷花却不见踪迹，几枝倒竖的荷花秆因为天冷，孤零零的，连鸟儿也不愿光顾。主人好客，让我们坐了游艇。坐在飞驰的游艇上，水冷风寒，刺骨得很，感觉时光倒流到了寒冬腊月……游兴倍增是到了孙犁纪念馆。孙犁老人很孤独地坐在那里，眼里的荷花一瓣也没有，也是一脸失望，仿佛对我们说：你们来的不是时候。又仿佛说：这也好，清净，我就喜欢这清净呢！……同样让我失望的还有去年在胶州。胶州桃花盛开的时节是胶州人春天的一件盛事，当地人也郑重其事。不然，朋友们就不会邀请我专门去看桃花节了。然而，到了胶州，成片的桃园却是树影稀疏，株株屹立的桃花缩头缩脑的，正在打着苞蕾。主人仿佛不好意思，带我们转了转有桃树的山头。桃树逶迤了一山头，一眼望不到边，想着如果此时桃花盛开，灿若云霞，这一山的桃花肯定就是蝴蝶、蜜蜂的世界了，可惜这只是想象中的曼妙。

没看到荷花与桃花，但春天确实来到了我们中间。春夏秋冬是四季的转换，喜怒哀乐是人心情的转换，物事时序自有自己的规律，春天的到来总给人明显的昭示。我还清楚地记得2004年春天到来的情形，我这样说是因为那天"立春"，我是在麻将桌上度过的。那是新年的正月十四，再过一天就是元宵节了。古人说"六合同春"，立春时，我真的感觉东南西北、上下左右全是春的消息，春天不可抑制地进入了身心。但我却抓了一张臭牌，可见春天给人带来的也不全是喜悦。再说，现成的例子就是2003年的春天，美伊战争将春天弄得乌烟瘴气，肆虐的"非典"仿佛给世界陡然减少了一个春天。去年由于迟春而错过两场花事，如此相比就算不了什么。

去年的秋天还看了"白皮松"。那是在山西潞安侯堡镇的时候，那天中午喝了点儿酒，有些醉意。吃过饭，小说家葛水平不由分说地就将我拉上了车。车子在山西大地上奔驰，不一会儿就到了长子县一个名叫"白松坡"的地方。远远望去，白松坡上一株株松树在秋末的阳光里泛着白光，阳光如水，白皮松漾在那水里亮得刺眼……松树常被人比作是龙，那些松树就像一群白龙在山上蟠着，有一种神圣高洁的感觉。我细细打量或轻轻抚摸着，面前一片梦幻。地上的青草已经枯萎，间或一两株黑黑的松树，却是枯死的白皮松。生者晶莹，死者漆黑，白皮松仿佛只生存在黑白两极，黑白分明，斑驳的树皮就剥落成一丝丝"道"意。山上有一座庙，但我没进去，只是在废墟上捡了几块瓦当……但回来好久，脑海里还是那一片白皮松，亮晶晶的，十分懊悔没有进庙。

或因花事蹉跎或因醉酒，这几次旅行显然都留有遗憾。

　　但没有想到，这种遗憾在去年的冬天又不期而至。《北京日报》副刊部组织几位作家去山东文登看海，在近观大海那天，海上一片浓雾，太阳红彤彤的，在雾里就像一个陈旧的指印。海滩沙粒细细的，十分干净，海浪一浪高过一浪地铺盖而来，其声如雷、波涛汹涌，似乎在涨潮。远处一片茫茫白雾，摸到大海的边却看不清大海的全貌，朋友们三三两两地走在海边，都有些失望。脚踩金黄和细软的沙，心与海贴得很近，近得几近于虚无。主人后来把我们带到了昆嵛山下。这昆嵛山是王重阳的道山，有老子、七子的踪迹，但我们却是擦肩而过，于是主人嘴里啧啧着，连说"遗憾，遗憾"。

　　未能问"道"如山——我常把这种旅行称作"未完成的旅行"——我这样说，人们肯定觉得我对此充满懊恼和后悔，其实

不是。游历天下的徐霞客在云南丽江蹲了十七天，玉龙山近在咫尺，他也只是遥遥致意。读李密庵的《半半歌》："看破浮生过半，半之受用无边。半中岁月尽悠闲……酒饮半酣正好，花开半吐偏妍。"我想，这"半"在这里就是"未完成"之意，里面蕴含了一种无以言说的大美。要说，我们住在文登海边，浓雾之后就是晴天，是有机会看海的，同游者就有兴致勃勃去海上看日出或去观日落的，但我却静静地站在窗前，没挪动脚步，这并不是懒惰，而是因为我感觉这样有想象的空间，有一种缺憾的美丽，很是喜欢。

我与地坛

　　地坛仿佛是夜为人们精心设置的心灵栖息地。大多数时间，我是夜色降临时才进去的，许多人都在夜的笼罩下悄悄走进这里。斑驳的红墙、古殿檐头上的琉璃瓦，因夜的濡染变得若隐若现，看不清晰。历史尽管在地坛无处不在，但人们不习惯背这种包袱。地坛以外大家小心地呵护了一天，到这里需要裸呈自己的灵魂，卸下莫名其妙的精神枷锁。夜的地坛，就成了一块人们放

包袱的所在。

有了人迹，偌大的园子便显得丰富而生动。相恋很久的情侣依偎在那白色的石凳上，尽可卿卿我我、缠绵爱河。但是不能太出格，否则说不定哪个角落就会钻出个穿制服的家伙，冷不丁吆喝一声。带着孩子的母亲当然喜欢坐在那曲池亭廊上，看浅浅水中的游鱼，快乐了的孩子心灵里便会伸出一支钓竿，用心钓……远处，一阵遏止行云般的吊嗓声，或是悠扬而高亢的二胡声，如泣如诉，那一阵低沉的旋律，显得格外凄迷，使我们这些异乡人总会想起自己的家。

我在地坛里独自听到过一回布谷鸟的叫声。是春四月吧？那声音显得特别的悦耳和明亮，它脆脆地划过地坛，飞旋在都市的上空，像是一颗颗饱满的种子，在我心里倏然生根、发芽，茁壮成长着，许多日子许多声音迎风而逝，唯独那声音留下来了……

◎ 史铁生与剧作家诗人邹静之

有一阵子，我最感兴趣的是两位老人，两人都穿着朴素，手持快板，走到人群密集处，放下手中的行装，没等人欢迎，就京腔京调说起相声或打起快板，周围就有噼里啪啦的掌声。干脆，有时候就咚咚锵锵，伴着一阵喧天的锣鼓声，摇红摆绿就钻出一溜打扮得古典而妖娆的女子，扭着秧歌舞，她们或银发飘动，或老态俨然，但个个身手矫健，步履欢快，洋溢着青春的活力。在明亮的灯光映照下，那场面宛如乡村里的社戏。大雅抑或大俗，至于她（他）们的身世、遭遇，人生的种种，没有人会深究。大家萍水相逢，随缘而来，随缘而散。将地坛视为精神家园的史铁生曾说："在人口密集的城市里，有这样一个宁静的去处，像是上帝的苦心安排。"阿门！"上帝"为这个城市留下一块净地祭祀皇天后土，没想到，却还让后人们常常进入到一种历史，追怀到一种故园情结。残留的玉砌雕栏，异常苍幽挺拔的古柏，熏染过一代又一代浩浩荡荡庄严的香火……仪式散处，高古虚空，或许上帝就躲在那里发笑。月光游移着，那时，树木就变得古怪、阴森，有什么怪鸟棱从园中树林掠起，飞向高

◎ 史铁生与粉丝在一起

远。园中人们欢乐地蹦着跳着，唱歌或者散步，他们毫无顾忌。心灵开放，灵魂轻松，没有什么比这真实的生命更有力量，更有震慑力。

经历了夏夜的喧嚣，地坛更多的季节归于荒寂。秋天，秋风刮落了树上一片片叶子。园中的甬道和草坪上就铺满了金黄和褐色。夜晚，月光幽幽地照着，红墙脚下草丛里的虫子唧唧叫唤，远处的灯光在园中漾起一层昏黄的雾，一切都寂然无声。这时候到地坛来的人就稀少了。但我喜欢这样静静地穿行在园子里，聆听虫鸣，耽于自己的遐想。到了冬天雪花飘飘的时节，地坛里的声音仿佛让那雪全部吸尽了，独自一人沉迷在地坛深处，心里真会浮上一些叫历史的东西。历史如美丽的白雪，悄悄洒落在地坛，金黄色的琉璃瓦和白色的殿台如白兽般蛰伏着，泛出洁白而冷峻的光芒。雪里的人像幽灵一般在地坛潜游着，转过身，再看看身后的脚印，竟会生出一份醒目的惊心："我摇着车在这园子里慢慢走，常常有一种感觉，觉得我一个跑出来玩得太久了。"（史铁生语）在冬天的地坛里，这份感受真的非常强烈，有好几次，想在这里会遇到坐在轮椅上的史铁生，但是，没有。

大足无声

　　那应该是个烟岚缥缈的早晨，或者是一个宁静而美丽的黄昏。一位巨人静悄悄地驻足在这里，片刻，又轻悄悄地走了。几缕云霞，几缕青烟随山峦渐渐散尽，留在这里的是一个深深的足迹，一个打印在这块土地上的民间传说。

　　这样的土地注定每一寸都是民间的，平民幸福的心灵栖息地，百姓辉煌的精神家园。民间的眼光一遍又一遍地打磨着这条神奇的山脉，虔诚的目光聚焦成一块散发着神秘气息的道场——佛教

密宗道场。

那位叫柳本尊和赵智凤的僧人看上这叫马蹄湾的地方，踏破芒鞋，托钵而来。他们的思想如一匹佛化了的神骏，嗒嗒地响在这宝顶之山。他们的眼睛平和地注视着苍崖，睫毛早让烟雾打湿。闭目合掌，他们在许多的石头上看到超凡脱俗如佛的天堂圣境，便决定把思想定格在这里……面前，起伏的山岳、散落的村庄、乱飞的云烟，使他们闻到比香火更浓的东西。而在他们的身后，千里之外的西子湖畔，一股靡靡之音正拍打着那里的细柳和芭蕉。似是"山外青山楼外楼，西湖歌舞几时休。暖风熏得游人醉，直把杭州作汴州"。他们微微皱起眉头，他们似乎想和石头对话。

石头开花。他们渴望在石头里涅槃永生。他们的胞衣埋在这里，他们的脐带与这里无法割舍……石头记载他们的身世是那么的具体和忠实。"唐宋年间，乃毗卢化身柳、赵二尊开建古道场。"柳本尊"学吴道子笔意，环岩数里，凿浮屠像，奇谲幽怪，古今未所有也"。关于赵智凤说得更是活灵活现的了。"年甫五岁，靡尚华饰，以所居近旧有古佛岩，遂落发剪爪，放其中为僧。……年十六，命工首建圣寿本尊殿。"他们平民的身世是肯定的。他们被自己的身世感动。他们便想为平民，也为自己做些什么。人世间的"出""入"思想，他们都想镌刻在面前的山崖上。他们心里隐藏的一种声音呼之即出："人就是苦，苦是与生俱来的。"

真的，在20世纪末这个烟雨蒙蒙的日子里，我们很偶然地站立在这片山崖造像下时，导游小姐像煞有介事地为这句话做了天才的注脚："你看，我们的头发是草，我们的眉毛、眼睛就是一横，鼻子是一竖，只要你一张口，即是一个'苦'字，苦字就写在我们的脸上。"

或许这是马蹄湾给她的神示。但我分明感觉导游小姐对自己脚下氤氲着浓郁色彩的这片文化厚土，绝没有柳、赵二僧那么痴迷和专注。说这话时，她妖媚地笑了。我在她的脸上读不出苦来，读出的却是一脸的幸福和自豪，为自己那博得游人声声喝彩的解说。

但，柳本尊和赵智凤当然不会像她这样轻易动摇自己信念，在山崖上殚精竭虑地刻下"六道轮回场"，是因为他们觉得人是苦海无边，慈航是渡。他们固执得就像石头，虔诚而执着地信仰"善有善报，恶有恶报"。他们坚不可摧的思想体现在摩崖石像上，甚至是那么的匠心独运，那么的细微和精心。当然，必须像许多高僧大德一样，把自己对佛的参悟和理解弘扬于世，他们

将劝人为善的故事发挥到极致。摩崖上有幅《牧牛图》，人或挥鞭叱牛、牵牛徐行；或并肩私语，横笛独奏；或袒胸露怀，酣然憩睡；牛或舔蹄饮水，或惊慌失措，或跪地而眠……从"未牧"到"双忘"的修正成佛，很类似于禅宗渐修的公案。柳、赵二僧把佛融会于乡村的朴素劳动之中，把人生的痛苦转化为一种平民智慧，平民精神在石刻中栩栩如生地凸显，散发着浓郁的田园气息……

不像龙门石窟、云冈或者敦煌，那种石像的朴拙、大气让人目光触及便会心灵大憾，悠然神往。这里，柳本尊和赵智凤追求的却是一种世俗化，细致和完整的佛教"浮世绘"。当然它给人的启发不是形而上的，而是民间故事式的。这是很珍贵的佛教民间化的别种版本……据说，许多的石刻都未留下造像者的姓名，但这里却留下了。柳本尊、赵智凤义无反顾地留下了。他们都会是一位乡村的贤者，娓娓地向你叙述向善的愿望、佛的平易。柳、赵悲悯生灵，希望佛教在民间普及，他们把佛教哲学平民化，企图打通"出世"和"入世"的隔阂，他们需要众多的善男信女在人间，而不是在天上。木鱼阵阵，香火袅袅，他们面对的是蜂拥而至的一张张虔诚的脸……柳本尊、赵智凤终于都隐匿于迷离的烟霞、唐宋的风采之中了。石阶苔滑，檐雨滴落，蒙蒙细雨挟裹着历史的烟云，荡涤着这马蹄湾缕缕、袅袅的香火青烟。掸去浑扬的尘垢，马蹄湾的石像依然壁立在青山绿水之间，裸呈着那只古老而沉重的大足……

大足无声。

寻找程长庚

　　这是中国乡村随处可见的那种普通的村庄。几丛疏疏的树林，散落着几间陈旧而斑驳的老屋、几幢簇新的青砖瓦房，清亮的池塘凫游着几只白鹅和鸭子，缕缕炊烟在屋顶上袅袅飘扬……好奇地打量着让人陌生而又熟悉的村庄，我的心里隐隐透出几分历史的荒凉，一个盘结在我眉宇间的问号越来越大了：程长庚，这位著名的京剧表演艺术家、戏剧活动家是在这里发出他人生的第一声啼唱，又是从这块黑土地上大踏步走进京都繁华的戏曲舞台书写他人生的辉煌的吗？

　　我沉默无言。这片被人称为说话犹如"鸟儿歌唱"的戏曲之乡，一位被誉为"徽班领袖""京剧鼻祖"的戏曲大家的诞生地竟是这么枯寂和落寞。而我们这个喜欢崇尚名人故地的民族，为什么又独让这块土地冷落了一个多世纪？是成名后的程长庚对穷乡僻壤的忌讳，还是中国京剧艺术史的一个偶尔的疏忽？我浑然不解。但我清楚地知道，我沉重的脚步声，对这个酣睡的村落将意味着什么。《程氏家谱》那一册册散发着霉烂气息的线装书，似乎在冥冥之中诱惑着我，将抖落那历史的尘封，彻底揭开萦绕在这位戏剧大家身上的籍贯之谜。他肉体生命的消失毕竟才一百多年呀！

　　村子叫程家井。紧紧环绕村庄的是三口清水塘，四周便是程氏家族那祖祖辈辈休养生息、耕作不已的田园。从家谱我得知，程氏先祖们"乐皖山皖水清涟秀丽……耕田食，凿井饮"。程家井之名便由此而来。如今一个多世纪如流星去也，古井依然，程家井已繁衍成二百多人口，四十几户人家了，除一户姓吴外，全部姓程。这一群老实巴交的农民，紧紧地牢记着祖训，除了田间垄上，几乎没有一个走出比县城更远的地方。面对我这位不速之客，他们更是显得茫然，但他们偏偏喊"北京"做"京里"，偏偏又知道祖上出过一个"唱戏不打脸"（化装）的戏子。听到这些乡下少见的口语和他们绘声绘色的传说，我发觉我寻找的线索越来越清晰了……在传说中穿行，我翻阅着《程氏家谱》，立即

就神奇般地找到了有关程长庚的记载："祥淮子文橄，字长庚，嘉庆十六年（1811年）辛未七月十二日时生""卒于光绪五年（1879年）己卯十二月十三日，妻庄氏合葬于京都彰仪门外石道旁路北，父祥淮墓前另冢"。"嗣子二人，养子章甫，从子章瑚。"家谱上线索时隐时现。对他的养子章甫，即后来"三庆班"的司鼓以及孙子、著名京剧小生程继仙，只有生卒年月的记载；但对步入仕途的章瑚和他那差不多都做过清末民初外交官的后代，却记载得非常详细。望着站在我身后的那群神情漠然的程氏后裔，我感到面前的家谱忽然散发出神秘的清香，让我触摸到程长庚这个戏曲才子孤独的灵魂……

"徽班昳丽，始自石牌。"程长庚家离享有"无石不成班"的徽剧发源地石牌不远。旧时石牌一带戏台每有演出，程长庚就嚷嚷地吵着父亲带他去看。耳濡目染，使他得到良好的徽剧艺术的熏陶，也许是可能的。程长庚从这里走出，在北京主演《文昭关》《战长沙》中的伍子胥和关公戏一举成名，进而成为"三庆班"主要演员。后来他不仅主持四大徽班之一的"三庆班"，还兼管四喜班、春台班，因而受到文宗皇帝的召见，封送他"五品顶戴"，赐任京都梨园会令、"精忠庙"会首达三十年。甚至连不可一世的慈禧、慈安太后也称他为"皖中人杰，京都名伶"……他的这些戏剧活动，也能找到粗略的记载。但他到底是十二岁时随父北上，经开封、太原、保定入北京，还是经过其他路径闯入京华，又是笼罩在他身上的谜团了……

也许这样的寻找不是重要的，重要的是应该探索他怎样敢于创新，熔徽调、京剧和昆腔为一炉，使唱腔、动作形成独特的风格，而创造出了蔚然一代的京剧艺术；探索他怎样在舞台上用他那娴

熟的京腔，精湛的技艺，塑造出关
羽、鲁肃、岳飞那些栩栩如生的艺
术形象，而将艺术的光辉永恒地照
耀我们吧？

在程家井，程氏的后裔们还津
津有味地向我渲染了他们祖上的一
个传闻：说是程家井古时东厢富裕，
西厢贫困。西厢人认为是坟山不好，
于是，趁年夜用石碾抵住了东厢人
家大门，在风水先生所勘定的鸭形
宝地偷葬了一座坟。第二天，风水
先生大惊失色，说："你们该白天
葬，夜里葬，只能出夜朝官（即舞
台上官）哩！""怕就是出了程长
庚这个武旦生吧？"他们腼腆着问

我。我没有回答，想这也许是无数
名人身上都很容易附会的一个迷信传说罢了。我倒是知道"戏子
不上家谱"是中国古代乡村几乎所有姓氏的族规。程长庚在他的
家谱上虽也只有生卒年的记载，但他的家族毕竟接纳了他，中国
巨大的戏剧艺术的洪流推崇了他。这，恐怕是这位皮黄巨擘所没
想到的吧！

秦淮河只说历史

　　不闻桨声，不见灯影，秦淮河繁华的风月似乎已让滔滔的江水丝丝缕缕抽尽了。很现代的建筑物虽然也很努力古典地矗立在秦淮河两岸，但那条凝粉的河水还是淹没了昔日的白舫青帘、楼台歌榭。繁华是异样的繁华，却真的寻觅不到朱自清、俞平伯笔下的那幽幽寂寂的美了。

　　幽寂的只能是秦淮河那"晃动着蔷薇色的历史"。

从文德桥穿过乌衣巷口，我独步西行，不知不觉就到了钞库街三十八号——李香君宅院。从柱红檐绿的东墙，望着秦淮河，果然就见历史从蔷薇色的秦淮河浮面而出。我发觉在阳光下，有一朵硕大无朋的独舞的红莲，多少年了，凭栏倚望的浓妆佳人脂粉脱净，泪水流干，把栏杆抹遍了，"媚香楼"却依然散发着红莲的迷人清香。声声琵琶曲里，那名享秦淮的一代名妓李香君娉娉婷婷、袅袅而来，撩衣舒袖，她像是正为下第的侯生送行，仿佛正在怒斥着田仰的霸权；似乎正在为大明江山的痛失裂肝断肠，依稀正在为不当大清顺民而削落青丝……"奴是薄命人，不愿入朱门"，是一道女儿声的呐喊；一腔鲜血溅红桃花扇，更是一个女儿身的忠贞。美人香草，侠骨红妆，留下的是一曲千秋艳说。李香君舞动那一纸桃花扇，舞成一朵硕大的红莲，就这样出淤泥而不染了……

十代古都、六朝金粉里流动着的十里秦淮河，不染的还有一片桃叶。那片桃叶从晋代的秦淮渡口嫣红地漂来……"桃叶复桃叶，渡江不用楫。但渡无所苦，我自迎接汝。"一代书法家王献之迎接爱妾桃叶的野渡，才子佳人般的风流韵事真的就这样美丽地传开了。才子佳人，俱归杳杳，"渡口名因爱妾留，都夸子敬特风流"。连乾隆皇帝也忍不住青睐这江南野渡的风流了。桨声渐起。桃叶的渡船渐远。我奇异地发觉，站在这渡口上的还有郑板桥和曹雪芹这两位清代的大文豪。"究竟桃叶桃根，古今岂少，色艺称双绝。"郑板桥的一曲《念奴娇·桃叶渡》，曾惹得曹雪芹灵感勃发，挥笔就写下了"衰草闲花映浅池，桃枝桃叶总分离。六朝梁栋多如许，小照空悬壁上题"的扇诗，桃叶渡题诗填词，千载难逢的幸会，两位大文豪在桃叶渡留下一则艺坛佳话，给桃

叶渡也蒙上了一层美丽。"当年桃叶归何处，渡口有人歌白苎。"秦淮河，这样的历史难道不婉媚艳丽？

　　漫步在三步一舫、五步一亭的秦淮河，我看到的当然还有钱庄、书局、印社里的那些古玩首饰、文房四宝、字画、剪纸、刻刀、绣品、紫砂壶，一切都是古色古香，情趣盎然。置身这风情万种的秦淮河，就仿佛历史中人了。而面前，一个挤着一个的小吃摊，案上摆设的什锦包、油滋汤、烫干丝、葱油饼、麻油素鸡、翡翠烧卖、桂花糖芋芳、鸡鸭血汤，喷发的清香也似乎穿越椒兰粉红的烟花巷，破空而来，小商小贩一浪高过一浪的叫卖声，焉能说叫唤的不是秦淮河，叫卖的不是历史？

　　我无法坐船，当然也就无法体会到桨声灯影里的秦淮河了。但此时此地，模模糊糊地感受着明末秦淮河的遗迹，我却突然想

　　起了朱自清说的"于是，我的船便变成了历史的重载了。我们终
于恍然秦淮河的船所以雅丽过于他处，而又有奇异吸引力的，实
在是许多历史的影像使然了"。

　　朱自清是对的，秦淮河上只说历史。

　　我就被秦淮河这历史之美感动得有些凄迷了。

秋雨残园

　　这是北国京都的秋雨。尽管我来北京已不止一次了，但真正地领略到这里的秋风秋雨还是第一回，况且这秋雨滴落在这伤痕累累的圆明园里，凄风苦雨倏然暗合了我眼前的一切。风无情地吹拂我穿着单薄的身子，我显得很冷。圆明园里的废墟上，恣意生长的野草如鬼魅狰狞，残壁断垣下的白色石头似乎在雨幕中跳着、叫着，更给我一种凉飕飕的感觉。

　　圆明园昔日的繁华和绮丽不仅仅是记录在那些旅游小册子上的。皇家花园的豪华与奢侈肯定无与伦比。不必将它比作是古罗马的斗技场、古希腊的帕特农神庙、古埃及的金字塔，如果时间能够倒流到 1860 年以前的话，所有的假设在这份美丽面前都会变得苍白而无力。透过熊熊燃烧的烈火，法国大文豪雨果就已经由衷地描绘过："你只管去想象那是一座令人心驰神往的，如同月亮的城堡一样的建筑，夏宫（指圆明园）就是这样的建筑。"

　　还用得着对圆明园的雄浑和秀美喋喋不休的描述吗？

　　在圆明园，历史是一段铁打火烤的历史。它是中华民族血汗和智慧凝成的历史，是八国联军蹂躏我们大好河山的见证！卑劣的英法联军一场大火就残忍地烧毁了一个美轮美奂，毁灭了我们封建时代灿烂的文化和差不多凝结着东西方人类的文明！如果没有历史铿然有力的声音，我自然会疑心走进《聊斋志异》，蒲松

龄老夫子笔下那狐狸精野怪出没的所在，或是中国民间常见的那种后花园，包括鲁迅笔下那出没着长脚虫的百草园。"天下国家，本同一理"，偌大的圆明园的衰微如同一个家庭家道中落一样。从这个意义上说，是一种历史企求新生的必然。那一把大火宣告的自然是清王朝的覆灭，抖尽一个王朝的灰烬，我们的民族很快从废墟上站立起来了。我们不难发现，那把大火烧烫的还有我们民族的心，灼热的石头灼伤着我们民族的灵魂，圆明园是我们民族无法治愈的一道巨大的伤口……

秋风在渐渐飘落的秋雨里呻吟，巨大的残园周围齐腰深的茅草，参差不齐散落着的大树与废墟上横七竖八躺在那里的廊柱、栏杆、石狮、石龟，都显出一派苍茫古意，阴气逼人。秋雨下下停停，阴霾的天空混混沌沌，潮湿的野草纷纷低垂，虽然残损却依然高大的巴洛克式的柱石屹立着，背后那一大片疏密有致的老松，点点雨水滴落着，在横卧的雕石上溅起一片烟雾，我的眼前呈现出的是一幅酷似古战场的凄凉意境……我知道，这里的草草木木，每抔泥土、每块白石，都凝聚而流淌着历史的一抹老泪。这泪水虽然洗刷不尽一个民族灾难深重的历史，但时时刻刻在控诉着强盗们掠夺人类文明的野兽行径，倾诉着"落后就要挨打"的血与火的耻辱和教训……

"谁道江南风景佳，移天缩地在君怀"的清王朝，那"林瑟瑟，水泠泠，溪风群峰动，山鸟一声鸣"的美丽怎的就化成了乌有？那些价值连城的奇珍异宝哪里去了，那举世无双的园林杰作，中外罕见的艺术宝藏哪里去了？我问残园，残园无语，法国那位正直的老雨果的声音却一直愤怒地回响在我耳旁。"有一天，两个强盗走进圆明园，一个抢了东西，一个放了火。仿佛战争得了胜利便可以从事抢劫了……在历史的面前，这两个强盗，一个叫法兰西，一个叫英吉利。"这两个强盗跑进清王朝的后花园里，大清王朝剩下的竟是一副腐败无能、任人宰割的模样！在秋风秋雨中行走，我们的心头止不住一声声呐喊，心在凄风苦雨中发颤……

太阳从乌云中穿透出来，雨不知什么时候停住了。一抹残阳给在凄风苦雨中痉挛的圆明园镀上了一层亮色。半是阴晦半是明亮的天空此时勾勒出的是圆明园坚挺的悲剧意味的轮廓。高大然而残损的巴洛克式的柱石上，雨水如泪般一遍又一遍地做着最后的洗刷。抹尽泪水，它坚强地高昂着头在这旷世的秋风秋雨里，仿佛与那沉重且庞大的乌云抗争着，驮负着我们被侮辱、被损害的灵魂，同时也让我们看到了那古老的力量和雄心。"幻想是无须援助的""好了伤疤莫忘痛"，民间这些朴素的谚语，倒是这座残园留给人类最为浅显的昭示。

逛了一回花溪

　　水，因这花溪的名，便唤作花溪水了。雾，就该叫花溪雾了。而笑嘻嘻的人呢？却是来自天南地北。仿佛是真的千年等一回，都相约着租了船。数数，竟是五只。五只船悠悠荡漾在花溪里，人的眼睛便倏然豁亮了。手里就捉住水，撩拨着、濯洗着，卸下尘心和病眼，心是舒畅而快乐极了，但却敛了声音……訇然作响

的是两岸飞瀑流泉，擦肩而过的是青山修篁……

还是忍不住要叫，要唱起来。于是就叫，于是就唱。凑巧，坐在船上的就有因唱《矿山的女人》，而刚刚捧回电视台青年歌手电视大奖赛金杯的女歌手，自然放她不过，于是都怂恿着她唱。掌声哗哗地在水中响起来，歌手只好婷婷地站起来。唱矿山的女人，山沟沟里的花；唱清凌凌的水里，蓝莹莹的天；也唱妹妹你坐船头，哥哥在岸上走……当然要对歌的，粗壮的嗓子立马在水那边嘹亮起来。这边一声"情妹妹"，那边一声"情哥哥"，甜甜的声音丢在水里，水浪也叫着，也俗得雅致起来——浓酽酽的，水滞留不动，船便滞留不动，歌声或圆润，或宽宏，或粗犷，岸边横空飞溅的瀑布便越是激动，越是豪迈，似在青山绿水间比试着，刷刷地撕扯着花溪上的雾了。就有一对夫妇，听歌竟是听迷

了，那摇着的小船竟撞上了我们的大船，一阵哄笑。惹得岸上的人都朝我们望着，拍着手，似是赶着船走，瀑布也调皮地朝我们扬洒着水珠。说是柔情似水，真的呢！

有人说着，就鼓动着唱："一条大河波浪宽。"船上的、岸上的，唱得来的、唱不来的，竟都亮开了嗓子，歌声感染得花溪的山和水都颤动了，感动得在船头摇船的汉子直哼哼："听我开言唱罗，伙计；唱一个姐探郎罗，伙计；小郎一个病罗，伙计……"唱的是四川民歌，唱得

绿色迷蒙，烟雾溟蒙了。朦朦胧胧中，船也依照各自的心性，无拘无束、自由自在地在花溪里散荡开来。有人沉迷于飞瀑流泉，船便依傍在喷珠吐玉的瀑布前，欲扯那哗哗的"绸缎"；有人要听那花溪奔雷，便就顾不上悬崖上"危险"两字，逗留在那里，侧耳倾听那滚滚的惊雷了；还有陶醉于花溪钓鱼台的，心里连忙就伸出了一支湿漉漉的钓鱼竿了。船和人似乎一下子都迷离在花溪的景色里。人各自静静地坐着，目不暇接而又心驰神动。静静地，花溪水在流，船在歌中走，走动的当然还有我们的灵魂。我陡然发觉，人们把心托付了花溪，托付了自然，人们的灵魂就变得圣洁、轻灵无比。灵魂在歌唱，唱得率真无障、了无挂碍，人也变得本真起来。不独是我，还有我身边长年累月生活在城市丛林中的人，他们享受的也不独是这片刻的欢娱，他们需要的是这心灵的净化，自由的桨橹。果然就有人要过船老大手中的木桨，摇划起来。桨声悠悠、船声悠悠；水悠悠、心悠悠，桨在他们手中那么胡乱地划过两下，竟都异常地合拍、娴熟……人与自然的接近原就这么简单，欸乃一声，心便绿了，绿得像一朵朵午荷，轻轻浮在花溪里，随着水、逐着缘……水，是花溪里的水；缘，是千年修来的缘。人或身居塞北或生在江南，虽然分别在天涯海角，但彼此的心一下子贴近了……欢叫、唱歌、摇橹，灵魂裸露在花溪里，他们眼睛也变得愈加的明净了。渐渐地，五只船不知怎么又靠拢起来，面面相觑，人仿佛都被这花溪勾走了魂魄，脸上都做沉思状。终于上岸了，眼睛却都愣愣地盯着花溪，仍是恋恋不舍，仿佛都变得不会说话了，仿佛都想说："总算逛了一回花溪……"但都没有说出口来。于是一脸讷讷，都又各自想起各自的心事——花溪，只当是梦里会过的水了。

桃花的黄叶村

    一条不知名的河水浅浅亮亮着，走过这河就是去香山的路了。是春天，京都高耸的摩天大楼和宽阔的水泥路面总让人疑心春天的迟钝，但现在面前涌来的却是香天香地的浓郁的春的气息。乡土的风生动而朴素，仿佛京都的繁华与绮丽全给那河水洗掉了。

    春天在京城的郊外显得异常真实。我们穿过这河，是去曹

雪芹故居。那是一些人心灵的一块净土和旅游不可不去的所在。巧的是我们到达那里，北京植物园正在举办桃花节，桃花漫溢着山坡，开得格外灿烂。硕大的桃花，朵朵妖娆妩媚，如一抹燃烧在天际的晚霞。大家在这花的海洋里，都美滋美味地欣赏着，管这叫作"风景"，而这与乡村好像不同。乡村里一只斑鸠、一条河流、一株桃树，由于乡土的背景，就有一幅水彩画或油画般的色彩和意味。城市的风景总是这么人为的一群，就像面前的桃花节，带着观赏的确定性。桃花的花朵开得很大，我心里诧异，却又怀疑这种桃花能否结果。见人们都看得兴致勃勃，我不好意思问了。

匆匆寻找黄叶村。在桃花灼灼的植物园深处，曹雪芹故居似是京城里一个巨大的梦幻。同是京都，但它与城市里的繁华喧闹相比，实在显得有些冷清，浓浓地透出乡村的况味。面前有一块

石头，上面写着"黄叶村"三个大字，几丛青翠的竹子在春风里荡漾着，发出些微风的响声，轻拂着曹雪芹居士的铮铮雕塑。再往深处，有几间平房，一排排的错落有致。一口水井枯干着，几个现代人似庄稼老汉般摇着辘轳，议论着什么，如果有牛的哞哞叫声和几缕袅袅的炊烟，这景象在中国北方的乡村倒是随处可见。曹雪芹站在这里，多少年了，让人们凭吊和瞻仰，却又让人穿过那繁华的京城，这就十分像是曹雪芹家族的兴衰史：从江南织造官的显赫，"钟鸣鼎食"的生活到府第查抄的家的没落，曹雪芹寻归这里安身立命暗喻着怎样的用心？

"忽喇喇似大厦倾""落了片白茫茫大地真干净"。曹雪芹在《红楼梦》里体现出了这种思想。一个经历了繁华与奢侈的人生，没有在繁华中糜烂沉沦，而绚烂至极归于平淡，用一颗饱经沧桑的心承受着人世的苦难，诚如雪芹朋友敦诚的勉言："劝君莫弹食客铗，劝君莫叩富儿门。残杯冷炙有德色，不如著书黄叶村。"这恐怕不是一位为文者的破落，而是一位悟道者的机警和智

慧。而今《红楼梦》蔚为大观，成了一代杰作，曹雪芹也成了一位人们敬仰的文学大师。这是他始料不及的，他只是用心说了、用心写了他需要表达和希望表达的。这对于当今创作者喋喋不休的创作功利性的言说，不是一种启迪吗？

大音稀声，大象无形。从桃花丛中穿过，又从桃花灿烂中回来，桃花，仿佛就是曹雪芹时代的桃花了。经历了一段繁华，走向一种孤寂，曹雪芹捧出了沉甸甸的思想，而我们呢？我们还得回来，回到浮华平庸的现实生活中来，浮躁而无奈。这真是我们的尴尬，而这一点，也正是曹雪芹早就感受到的。

月牙湖

　　在赤北草原的边缘，月牙湖分明是一条湖。月牙形的湖水轻轻漾在雪白的沙山下，如躺在静静处子细白的臂弯里。纯绿的湖水倒映着蓝天白云。草原上稀落的青草似她的睫毛，湖深幽幽地就像是草原的眼睛，脉脉闪动着。远远望去，湖水与周围的白沙一同在阳光里跃动着金子般的光泽，令人激动、晕眩和情不自禁。

　　我没见过真正的草原。我的故乡那里倒是有山峦、丘陵和平原。绵延起伏的十万大山与凹凸有致的丘陵，距离"旷远"的词语较远。但那里的平原也是一望无际、坦荡无垠，远接天边的是黑色的泥土，那种泥巴生动地哺育着水稻、麦子或水竹。草原不长这个，草原应是"离离原上草""芳草碧连天"的古诗词意境和"天苍苍，野茫茫，风吹草低见牛羊"的北国风光，可面前的草原却很快使我亢奋的心情软塌了下去：一望无际的草原，很少见到那碧绿的青草，辽阔深远中，倒是有几匹马低着头在悠闲地散步，那种马也不剽悍苍健、威武雄壮。在一位牧民的手中，我相中了一匹棕色毛皮的高头大马，跃上去，很想独领一番春风得意马蹄疾，嘚嘚奔驰的风情。但事实上不可能，那马似乎受过专门训练，它只能配合着主人的漫天要价，叫你欲下不忍，欲弃不

能地耗在它的背上，脚下的沙子被踩得叽哇叽哇地叫着。在马背上看草原，草原坑坑洼洼，青草这里一丛，那里一撮，即便是栅栏圈起来的也是满目的疮痍，渐渐沙漠化了。它不由得让我想起儿时在家乡见过的"癞痢头"。这在我们那儿还演绎了句"癞痢头难剃"的话，即难对付的意思。后来，当马的主人走到我面前讨价还价时，我嘴里就骂出这话。他听不懂，仿佛用蒙古语嘀咕了句什么，我也没听懂。

这样看月牙湖当然又不是一条湖了。分明是无边无垠的大草原身上的一处疤痕，草原深处流溢出的一滴硕大的泪珠。数千年的大风刮过，黄沙漫来，青青草原如遭揪发般痛心疾首，流泪了。真正的草原不应该这样的。同行的一位长者看出我的失望，告诉我：真正的草原青草葳蕤，才叫美呢！那草原显得很远又很近，绿茵茵地伸向遥不可知的天边，真是苍穹如盖。"这是经年累月风沙蚕食的结果！月牙湖水辛酸着咧！"长者说着，就坐在湖边的一棵孤独的老树下叹息。有许多人在月牙湖上划船，劝他去，他怎么也不去。如果说月牙湖是湖的话，也应该是泪湖，是美丽草原的一滴忧郁之泪，他不忍轻拭这泪，他甚至后悔到月牙湖观光了。

这是长者对月牙湖的一念之仁，也是我们草原和大地永不会泯灭的人类的共同的良知。其实，作为已开发成旅游景点的月牙湖，每天都有天南海北的人源源不断地拥向这里观光旅游，骑马、看草原、在蒙古包里喝奶茶，然后再在月牙湖里荡起船儿嬉闹。我们人类有时候总是那么喜欢展览伤疤，且把伤疤当作风景让人观赏。"扑通通"的，同行的几位朋友早按捺不住，一个个跃进月牙湖里去了。"在碱水里泡三次，在苦水里浸三次……"

他们如拯救苦难般地大声叫唤。我听着他们的宣言，他们已经在湖水里游得很远很远了。此时，夕阳西下，一抹残阳将月牙湖涂抹成一层金黄，湖边的沙山静静屹立如驼峰一般。这时我看月牙湖痉挛着，闪着晶莹的草原之泪，竟有了几分悲壮、凄迷之色。

九锅箐山记

　　山是绿的，有雾蒸腾；雾是乳白，绿是黛绿。白绿皆做湿状。甜润润的，冷不丁就溅起几声鸟鸣。鹧鸪似在远山，声音隐隐的，韵悠味长；清脆婉转的是黄鹂，如绿山滑落的音符，抑扬顿挫。尚有更多不知名儿的小鸟，扯着绿雾润湿的歌喉，其音款款，异常动听悦耳。触目尽是青山绿树或花草；艳艳的映山红开过，就绚烂着黄黄的金丝桃花。四季花海如潮。有树，极普通的松树和杉树，铺落一地的松针。可见的除野蕨菜、猕猴桃外，还隐生着更多的奇花异草。七色海棠就是一个异数，绽着赤橙黄绿青蓝紫之色，似一朵硕大的太阳花了。但只有那么几株，很矫情地缀在一脉青山的胸襟上。

　　说是九锅箐，就有九口如锅的山盛着青绿，让太阳火热热地烘炒着，越炒越是青翠碧绿。太阳便觉羞涩，脸红彤彤的，如一枚金色的冠冕，只炫目地挂在黛色的山峦上。山若无风，空气更是爽朗，森林里聒噪的鸟声，飞瀑鸣泉便作了它的乐团了。风终是吹过来，漫山松涛阵阵，咆哮如虎啸、如熊吼，和风轻漾，荡起一山微波，平缓似海，山低处是茶园，纯绿天然，曰："翠屏银针""翠屏碧绿"。再高处，便是松树和杉树的混合，松树呈露白色之花，与如剑的杉树枝"剑花"相交，便涌出一山的柔美

与刚强；再往高深处，就是原始森林，树高而密直，阳光难觅，只终日与雾厮伴，作深绿之色。绿的不是颜色，而是满山澎湃的青春活力。茂密的林竹之间，有金丝猴、中华翠凤蝶，有珍贵药材。据说还蛰伏黑鹿、猴、红腹锦鸡、猫头鹰，并未见着。到处可见的倒是"太白听涛""仙女泪泉""翠屏日出""象山睡佛""石轿藏经""机枪台"之类的景胜。并无更奇的峰峦和异石，却有着美妙动听的名字，且都是九锅箐人横生的妙趣。是与不是，似无不似，山人合一，皆是人的智慧，自然的造化。

好客的是人，邀游煤山黑海的南桐矿工。眼光盯久了黑色，便心生了绿色的渴望，采摘太阳的金枝玉叶，还要成就绿色的事业，于是便买下了这片"煤海翠屏"。称是翠屏，献上的茶便是"翠屏银针"，果然翠绿如针，虚虚幻幻地刺在清清的泉水里，

清香生甜。好客的主人一遍遍满上水，叫人喝得大腹便便。吃饭，放在桌上的是山珍野味，有野猪肉、溶洞鲇鱼、野蕨菜，嚼着口舌生津。川人爱辣，菜汤皆有麻辣味，火喷喷的。更火热的是南桐人的性格。男人身康体健，一脸诚恳；女人苗条妩媚，小鸟依人。说话皆作鸟语，娓娓谈吐，一路上跃动的都是九锅箐的美丽和开发的雄心。动情时，会驻足在机枪台，指点邻省古夜郎的层层梯田、锦绣山水，慨叹着"夜郎自大"的古老传说，再说一声"世外桃源啊"！对故土家园，透泄着如雨般的豪情，大有对山临风，有声有色；吟竹扶松，无我无人之状。一方水土养一方人，此话信然。

丙子年仲夏初游九锅箐山，同游者扬州杨君女士、京门诗家兼书法家梁东先生。梁先生三年前曾作九锅箐之游，对九锅箐更是情有独钟。下得山来，即挥毫泼墨，留有诗云：

烟岚晴复雨，重上九锅箐。丽日生霞蔚，银峰出翠屏。新茶腾碧浪，老树绕青藤。谁为扫花径，林深听鸟鸣。

一庵一潭记

　　四面环山，是山都高，都有名字：或木鱼坳、或雨淋寨、或斗笠包。天星庵就落在那低低的坳里，抬头看天，天只巴掌大，头顶上太阳一轮就匆匆过去，月亮冷冷一笑便闪进峰峦。坳底雾岚蒸腾，寒气侵袭。只那漫天繁星，山坳里似乎才能盛着，也就那么几颗，我便疑心这就是天星庵的来历了。问天星庵人，竟答不知道。

　　俗话说：天星庵上云雾多，三天两头雨中过，云里雾里就长茶叶。茶叶从山脚长到山岭，间或春有幽兰滋润，夏有金银花、栀子花熏染，坳里终年便绿色葱茏、馥香缭绕。白雾绿海，就有三五成群采茶的女子，身心沉浸在这香气弥漫的茶海里，天长日久，便灵气，便出脱得一个个楚楚动人。说话像是鸟语，悦耳动听；动作似是戏剧，优雅自如。采茶时，手指都做兰花状，轻巧一捏，茶芽就如绿宝石般落在手心，拎起那满筐的碧绿，一晃就从山上咯咯地笑着下来。将那茶叶轻轻地倒成一堆香丘，香气陡生、袅袅撩人……

　　有茶叶作坊，就三两栋寮棚式房屋，黑瓦土墙，也极简陋。屋中置有几口大铁锅，几盆栗炭火。进进出出都是茶民，人脸均呈茶色。制茶时一边动作，嘴里一边快活地哼着山歌。满屋浓浓

的馨香，只是熏得外来人心醉。屋里待不住，便沿着那土屋四处转悠，寻那天星庵遗址。庵堂说是明清时香火极盛，民国时毁于兵燹。尚存有两块石碑，被茶坊主人小心地嵌在墙壁里，石碑风化，字迹斑驳。据说某年某月有位茶客，趴在石碑上看，看了半天，也看不出个子丑寅卯来，于是一脸惘然，呷口山茶，恍然大悟叫道："茶有仙味，天星庵怕是叫天仙庵吧？"果然叫开，并无人置疑。

从天仙庵往山外走必经白马潭。山路极瘦，如蛇溜子隐于树丛荆棘间。路旁溪水潺潺，右有黄莺鸣啭，左有鹧鸪咕咕，越叫山越是幽静；雾岚乍起，山峦溟蒙，一声人语响，惊得碧烟四合。有山雨来，如星稀落。山中有凉亭、有山棚、有古洞，可以蹲身躲过。雨住了便又走，不一会儿就望见白马潭了。烟岚浩渺，远山如眉，峰夹细水如带，又打结般生出一片沙洲。洲上人家，青瓦白楼，隐于绿树之间，澄明凝秀，真乃人间仙境。洲上人家说是由江西瓦窑坝为避战祸迁移而来，那时一河两岸，芦芒似雪，

先人慕如此世外桃源，便开荒定居，以白芒潭名。河中舟筏，因而与江通，自宋至明清，山外的百货与这里盛产的茯苓、桐油、厚朴、茶叶、生姜相互贸易，一时商行遍河岸，财源达三江，人称"小上海"。有年秋天，有商人驻足河边，见风吹白芒攒动，如白马嘚嘚奔腾，触景生情说："白芒潭，白芒潭，一年到头还是白芒（忙），不吉利，不如改成白马潭。"人都叹服。白马潭傍山依水建有半爿街，房屋飞檐翘角，牛头马墙，古风尚存，依稀可见当年"小上海"的繁华。街上人家，什么都自给自足。合面街一律都是商店，山货琳琅满目，有木耳、香菇、粟谷粉、茶叶土产；也有小百货、盐、烟、酒、布匹，这与山外毫无二致。随便走走，就有人呼你坐坐喝茶，坐下来，看面前小桥流水，溪石垒垒；风吹杨柳，万缕妖娆。聊起往事，那人就说起街上永祥、永发、永昌商行钱庄的兴衰；说风水，那人就说山中出俊女，民国时期就有四大美人。说起茶叶，那人简直喜形于色了。茶香飘千里，天仙庵、白马潭就是靠茶叶才声名远扬，富足一方呢！说着说着，便叫着泡茶，用当地产的紫砂壶。倒来一盏，轻轻呷上一口，果然舌底生津，香彻身骨……天仙庵上茶，白马潭中水，那人摇头晃脑，拈须自道，俨然仙人遗风。

谷雨天仙庵

　　谷雨时节，总要到天仙庵去的。两三个朋友说去也就去了。这回结伴的是几位老人。拎着酒，袋里揣着钓鱼钩。看山已绿得发亮，空气清新得醉人。各种鸟儿的啁啾声像是从耳朵里飞出去的。边走边聊，往事也如陈年老酒般津津有味。走不动了，就说歇歇，给歇脚的地方就取些俚俗的名字："脱衣岗，一伙坡，二伙坪，三伙到了岭。"每年上天仙庵都要这样歇上几伙的。老人们自嘲地笑笑："将来就在这些个地方立块碑吧！"

就下岭，天仙庵就落在岭脚的山窝里。四面环山，几间简陋的屋子，却是手工茶坊——并不见庵堂。庵堂不知何年何月就废了。茶树一簇簇地从山上环绕到山下，一晕一圈的，像是一口大锅。坳里雾气蒸腾，茶香缥缈，似乎日日月月都炒着茶哩！主人知道我们来，早迎了出来："晓得你们今天到呢！"便忙着打水。水是山泉煮的，几位洗洗脸，就忙着四处转悠。虽说每回来都这样转转，总是转不够。咦！清明要明，谷雨要雨，今年谷雨，天怎么就晴得发亮呢？谷雨看山，山跟平日并无二致，谷雨只是历书上写的。山该绿的地方依然是绿，只由于满山的茶树，那绿色就更深了。有几株翠竹和泛着白花的棘楂，红杜鹃、紫杜鹃也开得漫山遍野。屋前有口水塘，一小片油菜花，黄黄的还未谢尽。天仙庵犹如"七彩谷"一般什么颜色都有了。那花草的香气、茶叶的清香缠绵在一起，七彩谷成天到晚香气弥漫，惹得人也浑身沾香。

晴日无事就说钓鱼的钓鱼，摘茶的摘茶。钓鱼的老者说，我只钓中餐吃的鱼，摘茶的就该摘野茶了。野茶是鸟雀衔籽落种的。年复一年无人剪枝，无人施肥，自生自长的。多长在棘楂、石头缝里，摘起来可苦了我们。沿着沟涧往上走，遇到一株野茶，一惊一喜，便手忙脚乱地摘起来，芽头嫩嫩的，轻轻一掐，落在手心如一支绿色的玉簪。这芽可做剑毫，那芽可做云雾，还有能做猴魁的，一边摘茶，一边评头论足，惹得一山摘茶的姑娘都朝我们哧哧地笑，情不自禁地指点我们哪里哪里有野茶，我们也就心甘情愿地攀岩石、钻刺窝，果然摘得不少。再看那摘茶的姑娘，一个个心灵手巧，采茶的动作如舞蹈一般，歌声和笑声溅得一山的清脆。挽着满满一篮子茶香，转身哧溜下了山。都懒得洗掉手

上的茶香，随随便便地围在桌子上。一桌摆的都是木耳、竹笋、蕨菜之类的山珍。果然只有一餐吃的鱼。钓鱼的老者说："我说仅够吃一餐就一餐，多的也放进了水塘……"说着大家嘿嘿的如神仙般笑了。

人走动在天仙庵里，抬头也只是碗大的天。几间房子都大门洞开，再珍贵的东西也都随便摆着，晚上睡觉当然更不用关门了。主人养的几十只绵羊，也如人一般日出而作，日落而息，与人快快活活地生活在一起，毫无隔阂，人当是"无丝竹之乱耳，无案牍之劳形"。坐在屋前静静看山，竟发觉山有一隙缝：那里青山如黛，雾气缭绕，云蒸霞蔚，宛如人间仙境。天仙庵像是那神仙洞府的一扇门户了！陶渊明笔下的世外桃源也不过如此吧。正说着，身边的几位老者便道起天仙庵主人开荒时的艰辛。说是做几间房子，连运一块砖也不容易，莫说开辟这几百亩茶园了。一片一片地开垦破荒、砌坝、整地、施肥……"老徐硬是造出了这方仙境哪！"想想也是。老徐大名礼智，性嗜酒，种茶、看羊、养鱼，快活似神仙。

晌午天转阴了，空气闷得憋人。凑着煤油灯搓一阵麻将。大家都兴味索然，靠在床上又天南地北地闲扯，都是老人们的一些红尘旧事。突然一阵雷鸣，天就下雨了。"我说清明要明，谷雨要雨，天道不错吧！"老人们经验老到地说。我心想，果然是不错呢！房里却是一片的鼾声了。

十渡小品

有渡就有水。

那水缓缓绵绵的，却藏着刚烈的性子，凶猛起来，似一匹奔腾的野马，马蹄嗒嗒，仿佛一位骑着白马的少年在身边翩然掠过，独留青山与绿水。咚咚咚的，轰然作响的水，错杂起来，极具节奏感，又像是有谁敲打着一面古老的乡村牛皮鼓。

有渡就有口，那口含着千年的水，脉脉地，流走了爱情和往事，消磨了岁月和光阴。

从一渡往上走。这时，看那水就似一匹精致的绸缎了。在阳光的照耀下，浮金点点、飘飘荡荡，如系在这奇异山峦上的一条飘带。河边有沙滩、有乱石、有山野人家，恰如一幅小桥流水人家的古卷，让人就生出些谨慎，小心翼翼地走，生怕赤裸裸的足会打湿、打皱那张古宣……

那幅画就有些飘逸的样子了。

二渡、三渡……依次溯流而

上。河道或直或弯的，水却全做了那舞动的姿势。始而起伏有致，波光闪闪；继而大起大落，银光溅射。越向上走，抖动得就越发的厉害，汪洋肆意，意气滔滔，似一支如椽大笔，在天地间淋漓地书写着个"龙"字，氤氲着逶迤的群峰，透出凛凛的龙的风骨。这样看山，便越发清秀峻拔，看水就越发的温柔。河面渐宽，水流湍急，依稀埋伏着十万大军，在撕咬、在搏斗……

忽一声，似《十面埋伏》的歌声苍凉在荒山野岗之上。

走着走着，便感觉那匹绸缎就像被谁一把攥紧了，就撕、就咬，哗啦啦，轰轰然，做浮涛拍岸，卷起千堆雪之状，这就是十渡流水了。两岸瘦山，峰回路转，壁立千仞，如一把把竖向青天之剑，兀自划向遥远的天空……只是，水因山而柔媚，山因水而活泼。山水真是一对好夫妻。

这对夫妻厮守在十渡。渡山、渡水亦渡人。

冬天的广场

　　这当然是世界上最著名的广场。洁净、平整的地面曾被无数伟大或者平凡、年轻或者古老的足迹亲近过；锃亮的地砖每一块都折射出东方文明的神秘光芒，也总闪烁着蓝眼睛、黑眼睛幽幽惊奇的目光。这里，还曾响起过无数忧国忧民的仁人志士的呐喊声，追寻光明的手曾举成了一片森林、汇成一片滚涌的黄河、长

江……这里也总是那么天高气爽，一代伟人宣告炎黄子孙"站起来了"的声音，至今还在这旷世的广场久久回荡……

是冬日的夜晚。我随着观看中华人民共和国国歌音乐纪念会的人流从热血沸腾的人民大会堂里出来，信步就走到了广场。人们似乎还沉浸在《义勇军进行曲》那激昂高亢的旋律之中，耳畔缭绕着蒋大为、杨洪基、李谷一、董文华、关牧村等一位位歌唱家或恢宏雄壮，或优美甜润的声音，心里都被一种庄严、悲怆的召唤搅得心潮澎湃、思绪万千。尽管，冬日长安街上的风很大，广场旁边的树叶在呼号的寒风中哗哗摇曳着，但人们经过广场时，脚步却陡然变得很轻、很轻。像是生怕惊醒了喧闹了一天才沉寂的广场，像是生怕惊扰了麇集在广场上空的无数先烈的英灵。于是，辽阔的广场，白天那种纷纷攘攘不见了，偌大的空间

响动的是一群沉重且不失健壮的脚步声，游移的是一群浑身热血滚涌的生灵，一群被自己的国家、自己民族音乐的光芒涂抹和感动的身影……

我认真地观看着广场。这时，华美明丽的灯光溅射在广场之上，广场寂然无声。几面高擎的红旗在狂风中猎猎作响，整齐而威严的红墙，在灯光的照耀下，泛着炫目的鲜红，保守着一种凛然不可侵犯的智慧和尊严。四周高大庄严的建筑物蛰立不动，如一个个凝重而美丽的音符。广场中央的人民英雄纪念碑散发出晶莹透明的圣洁的光，像是无数革命先烈心灵的光芒在熠熠闪烁。白色大理石此时洋溢的是——庞然而辉煌的生命，充满一股不可

抗拒的神圣力量，崇高得摄人心魄……广场边时而有一两辆轿车流线般飞驰而去，随即又归寂于无声和遥远。我曾不止一次地在这里驻足，随着满怀惊喜的游人参观过广场，瞻仰过毛泽东同志遗容，也曾出入过故宫和人民大会堂，甚而还像许多人一样登上过天安门城楼，试图感受伟人们胸怀宽广的气魄，高瞻远瞩的思想，然而，却从没有

像在这冬日的夜晚，我置身在广场上产生的雄浑、悲壮的心绪，如此的怦然心动、九曲回肠……我默默徜徉在广场，只有此时此刻，我才恍然大悟，茅盾先生在《白杨礼赞》中盛赞北方白杨"磅礴"和"雄浑"究竟是怎样一种气象。我的脑海既沉静又很苍茫，我真切地感受到世界上一种雄伟的美是多么具有力量，面对这种雄壮之美，人又是多么的需要摒弃苍白的思想。

越过广场，走在长安街上，寒风鼓动着我的衣裳，可我心里却依然热乎乎的。《义勇军进行曲》那凝结着中华民族精魂、血肉和意志力量的乐曲仍然在耳旁回荡，驱之不散。抬头看天上，一轮冬天的月亮在高远的天空似一扇历史的隙洞，又像无数先祖明亮的眸子正悄悄俯视着广场。我面前这著名的广场，永远是一个自由而吉祥的象征，是华夏民族跳动不已的生命的心脏。远远地，我深情地凝望着冬日的广场，我发觉在华灯辉煌的照耀下，那闪动的光亮似一只只洁白的和平鸽，正麇集着，在广场上空飞翔，飞翔。

平顺山水

　　奇峰怪石，飞瀑溪流，云雾烟岚……这里人或许让太行山四季的山景挡住了视线，抑或被山势压迫得抬不起头来，于是生生地渴望着平顺。然而，到了平顺，我才知道"平顺"二字竟也有典故。明朝正德至嘉靖年间，朝廷腐败，猛虎一般的苛捐杂税使得民不聊生，哀鸿遍野。嘉靖初年（1524年），当地小吏陈卿父子举起了反抗明王朝的义旗……农民起义被朱明王朝平息之后，

惊魂未定的嘉靖皇帝割划了邻近的三县各一部分组成一县，赐名"平顺"。

这就是平顺县的来历。但平顺县似乎从来就没有"平顺"过，清乾隆二十九年（1764年）这里被裁县为乡，民国元年恢复县治，没过几年又划归了潞城管辖，民国六年，县治再复……改来改去，反反复复，直到1960年才消停。当然，"平顺"了人，平顺不了山水。是山都雄，是水都秀；山水一方，与天为党。雄山秀水里，有无数的奇峰和怪石，一条条山溪与瀑布……站在通天大峡谷的仙人峰上，触目的峰峦叠嶂，都是刀劈斧削。我四下眺望，见一条山脊蜿蜒盘曲在蓝绿色的湖水里，宛若一条青鱼衔珠，而另一旁两峰交欢如鱼，如一幅八卦图，北方山水的气势与南方山水的灵秀在一条峡谷里形神兼备。

一边是悬崖绝壁，另一边是万丈深渊，我们的车子一整天都在太行山的盘山公路上走。沿着高高低低、不平不顺的山路，直至夜幕降临时，我们才赶到坐落在海拔1350米的高山之巅的下石壕村。这个村寨共有38户97口人，因大多数人都姓岳，当地人又称岳家寨。据说，这里的岳姓与岳飞家有些渊源。寨子在悬崖绝壁上南北一字拉开，散落在山体的断层平台上。要说不平不顺，这石头的村落应该算是一个典型吧？这里群山环绕、崖石嵯峨、悬潭飞瀑、四季流淌。到了夏秋季节，终日云雾缭绕，清风习习。在这被称为"太行空中村"的村落，满眼都是石头：石房、石墙、石路、石街、石磨、石碾、石臼、石桌、石凳、石水缸、石头楼板……就连冬天取暖也是在石板炕下烧火。除了石头，再就是树木了。有梨树、苹果树、花椒树、槟榔树……树木枝繁叶茂，果实累累，伸手就能摘下。

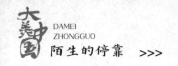
夜里，我和小说家荆永鸣住在扎根家，小雨缠绵，淅淅沥沥下了一夜，早晨起来见扎根正在锯木烧火，我说："这里好安静。"

"是呢！是呢！"扎根立即堆出了一脸的笑。抬头一望，满山烟岚、聚散有致、虚无缥缈，仿佛陶渊明笔下的世外桃源，让人顿觉心旷神怡。

由此看来，人心的平顺才是最大的平顺。

不平则鸣，遥想当年，陈卿父子为了追求理想的生活，面对腐败的明王朝揭竿而起，是一种"鸣"；窄底村人在石壁上一斧一凿、一钎一錾地开凿"挂壁公路"也是一种"鸣"……离开下石壕村，车子忽上忽下，不一会儿我们就上了"天路"，即传说中的挂壁公路了。公路悬空挂在悬崖峭壁上，周围林立的群峰直插云端，绝崖峭壁如刀削斧劈，让人对大自然的鬼斧神工心生敬畏。车子进入天路，因有开凿的"隧道窗"，忽明忽暗，一会儿一窗的风景，一会儿一窗的幽暗。这条一千五百米长的挂壁公路，据说是窄底村人自筹资金，自备工具，自带干粮，历时四年修建而成。正是这条路的修通，让他们告别了世世代代肩扛、驴驮、翻山越岭出山的日子……当地人说，这隧道窗一是为倾倒土石，二是为了让隧道透进些光亮而开凿的，凝聚着他们的智慧……穿过挂壁公路，我们走到谷底的窄底村，四周奇峰连绵，谷底散养的马和牛悠闲地走着，脖子上挂着的铃铛时而发出悦耳之声。山地平缓，溪水潺潺、草木葱茏、风光旖旎。好一处人间仙境！回头再望挂壁公路，就像太行山上一条腰带，一个个隧道窗口平添了一丝丝神秘。小说家葛水平说，窄底村民风古朴，方言独特。他们爱吃大米饭，吃饭时互问互答：

"嗦发？"（啥饭）

"咪发。"（米饭）

"嗦咪发？"（啥米饭）

"哆咪发。"（大米饭）

说话就像唱歌，说得一车人都笑。

沿着曲曲折折的山涧小道，我们看到了一条瀑布。山路顺着沟涧蜿蜒而上，沟里怪石林立、泉水叮咚、凉风扑面。步行约三里就到了瀑布飞泻处。当地人说，观赏飞瀑最好是夏秋季节，那时水势猛涨，一道白练凌空直下，犹如天来之水，溅起浪花朵朵，气势磅礴——我们是错过季节了。头顶上，淙淙的水声与鸟声交织在一起，山峦峻峭，树木葱茏，在蓝天白云的映衬下仿佛一幅古朴的山水画。眼前有一线瀑布潺潺地飘落，谷地横躺竖卧的石头让泉水冲刷得圆润光滑，斑驳陆离。

从瀑布处折回来。我刚上车，葛水平问：这里美不美？

我大声回答：美！平顺有大美！

其他人上车后也大呼小叫，津津有味地品评着平顺的山水。说红石坪、大云禅寺、龙门寺、华野漂流、天脊山……一个县集中这么多的风景，不得不说是平顺人的福分。

"门外东风雪洒裾，山头回首望三吴，不应弹铗为无鱼。上党从来天下脊，先生元是古之儒，时平不用鲁连书。"我默读苏轼为送梅庭老赴上党学官而写的《浣溪沙》词，知道"天脊山"这名字就出自苏轼之口。名山与名人，匡庐如此、黄山如此，天下名山大川莫不如此。如此说，平顺人民守着的是一座座名山、金山。生长在这样山水之间，高高在上的王朝为什么不让自己的子民过上平心顺意的生活？陈卿父子揭竿而起，追求一种平顺；统治者追求"平顺百世之泽"，也是希望自己的江山平顺——皇帝与庶民的想法似乎如出一辙——但我们都深深懂得，封建王朝统治者们骨子里的"剿平逆贼，地方顺服"的思想与平民百姓追求的平顺，终是不同的。

库尔勒的秋天

　　库尔勒的秋色实际上是胡杨林点染的金黄。秋天到来，万木萧瑟，许多的树叶都在秋风里无声无息地飘落，沙漠上只有胡杨林一树树繁华，黄得像花，黄得灿烂绚丽至极。远远望去，那一大片一大片的胡杨林在阳光里火焰一般地燃烧，如凤凰涅槃，尽情地升华着自己的生命。又仿佛在用无比华丽的金色，把它生命的最后一刻演绎得热烈而辉煌，即便躯干佝偻，或斜或倒卧的，那枝头金色的叶片依然保持一种生命的激情。这时候，我突

然感觉面前的胡杨林不是一棵棵树，而是徘徊在沙漠上的一个个神灵。

如果没有胡杨林，我想库尔勒的秋天一定是荒凉的。这个因出产香梨而著名的地方，梨花千万朵，雪白的花瓣肯定也在沙漠里制造出了许多的惊艳，但在秋天来临之前，甘甜的香梨早已放在人家的果盘里了……我们的面前只有流沙压着流沙，一个圆弧套一个圆弧形的沙漠、青色的戈壁和干涸的草原，沙漠、戈壁、草原……这些都是可以用"一望无际"来表达的，它的辽阔、浩瀚、苍茫，还让人有一种曾经的地老天荒、海枯石烂之感。重重

叠叠的沙漠里虽然会有露出头的骆驼草，戈壁滩上稀稀拉拉的有一些矮小的、不知名的挺着倔强脑袋的灌木丛，草原的边缘偶尔还有星星点点的一些未被采摘的棉花。但这些植物在沙漠的风里只是徒然增添的一种"肃杀"之气。给我感觉最为强烈的就是塔中植物园了。在有着上百种植物的人工园林里，我第一次认识到花棒、沙木蓼、地肤草、胖姑娘、切莲等许多的植物，但除了褐红的扫帚样的地肤草像火烧云一样落在地上，其他的植物在秋天里都显出了破败之相。偌大的园林宛如一个家道中落的大户人家，园庭衰微、亲人半零落。那些美丽的名字还在，只是已寻找不到他们的模样了。

在通往库车的一条叫"盐水沟"的公路上，我们欣赏到了一大片"雅丹"地貌的独特风景。雅丹地貌是一种风蚀性地貌，也叫沙蚀丘或风蚀丘，维吾尔语是"风化土堆群"的意思。这质地坚硬而呈浅红色的岩石，经年累月，大漠狂风已把它们雕刻成了千姿百态、形状各异的形象，或如古城堡、庙宇，或似骏马、骆驼、大象……神情惟妙惟肖，栩栩如生。据说，这些奇特怪诞的地貌在飘忽不定的狂风里，时常会发出一种诡秘而奇异的声音，

给人一种魔幻般的感觉。盐水沟里最为典型的是"小布达拉宫"景点了，很多人欢呼雀跃地在那里拍照留念。但久久地凝视着一尊苍鹰般的雕像，我心里却布满苍凉，觉得它是一只振翅欲飞的大漠之鹰，因褪去生命的所有装饰，一下子变得血脉偾张，骨骼嶙峋。我看它那神态，只觉它一头深深扎入了沙丘，似乎在用生命最后的力气寻找什么；一头又高高地指向蓝天，仰天长啸，呼唤大地苍生。狂沙吹走了一切，时间对抗着时间，雅丹地貌展现出来的岩石造型就如胡杨林的化石，如暮年的胡杨林，把库尔勒的秋天涂染得肃穆而悲壮。

荒凉、肃穆、悲壮……这些词语当然不是库尔勒秋天的全部色调，库尔勒的色彩远比我想象的丰富得多。在库尔勒，我还听到了关于香梨的凄美传说。一是说有一位名叫艾丽曼的少女骑死了九十九头毛驴，翻越了九十九座大山，引来了九十九种梨树。结果只有一棵梨树与本地野梨嫁接成功，但当地的巴依（地主）吃了喷香的梨子，竟不让少女给别人传授栽培技术，还要独占梨树。遭到少女拒绝后，巴依恼羞成怒地唆使狗腿子砍倒梨树，残害了少女。待第二年梨树根长出了青枝，乡亲们动情地把梨树栽遍了库尔勒的千家万户。二是传说在很久以前，铁门关附近的易卜拉音国王的马倌依明见皇宫园林里没有梨树，历尽艰辛找到梨树苗栽在园林，随着梨树的发芽、开花和结果，依明与国王那美丽、善良的妹妹康巴尔罕的爱情也渐渐成熟起来，然而就在此时，依明被人用毒箭射死。伤心欲绝的康巴尔罕哭倒在亲手栽种的梨树下。为避免睹物思人，易卜拉音国王带着妹妹离开了伤心之

地，他们一路走一路播下梨种，把象征爱情的梨树一直栽到了库尔勒……胡杨树的悲壮，香梨的凄美，在库尔勒的秋天猛然让我有着说不出的忧伤……

　　行走在"半城梨花半城水"的库尔勒城，我突然又感觉库尔勒城的天空一下子显得高远而明亮了起来。天山阻隔北方来的寒流和风沙，又有一条穿城而过的美丽孔雀河，在蓝天白云的映照下，库尔勒城的一切都显得那么湿润，那么优雅和安宁。满街的香瓜、香梨、葡萄干……高耸的楼房、整洁的街道，一排排成荫的绿树，这沙漠绿洲城市的一切与内地的城市毫无二致。而在它身旁，那一片面积约有1646平方公里，被称为国内最大内陆淡水湖的博斯腾湖却是个例外，它仿佛成了库尔勒巨大的肺叶在明净而有节奏地呼吸着。星罗棋布的小湖、浓密的芦苇和成片成片的野莲之上，翻飞和栖息着各种各样的水禽。幽蓝的湖水远衔天山，近接沙海，或水浪滔滔，烟波浩荡；或波光潋滟，湖天一色，茫

茫大漠风光与江南水乡的灵秀自然地融为一体……我们乘坐着快艇在湖里飞快地行驶，湖水温润着我的面容，芦苇模糊了我的视线，我觉得自己灌满风沙的心灵在库尔勒得到了一次洗礼。

"活着千年不死，死后千年不倒，倒了千年不朽。"这可以说是胡杨树的生命"三部曲"了。胡杨林树有多高，根就有多深，它总是以一种悲壮、雄浑和恢宏的气度巍然屹立。当地人告诉我们，胡杨树的树叶十分奇特，有圆圆的、有细长的，还有的就像杨树的叶片。一般它的树龄到了十五年之后树叶才会变成圆形……胡杨树仿佛和人一样有一种"成年礼"的仪式吧？嬉戏在博斯腾湖里，我还是不停地想起挺立在茫茫沙漠浩瀚戈壁上的胡杨树，想着风沙不停地吹打着它的肌肤，使它很快有了深深的褶皱，并很快让它不得不裸露出斑斑驳驳、满身疮痍的树干和光秃秃的树枝。有那么一刹那，我仿佛看见湖水里出现了大片大片的胡杨林神秘莫测的倒影，神情有些迷离。

寒风吹落着胡杨树的树叶，库尔勒的秋天就过去了。

烟雨蒙山

　　游览山水，若逢上浅浅的阳光和蒙蒙的细雨，都是很有情趣的。暴烈的太阳不必说它，烟雾一层一层地裹住自己，眼前什么也看不见，那就令人十分沮丧了。这回到山东的蒙山，赶上的正是这种浓雾弥漫的天气。但行程是主人早就安排好了的，更改不得，于是只好硬着头皮上山。此时，莽莽的蒙山沂水烟雾缭绕，那烟不是乳白色而是烟黑色，甚至有些呛鼻。雨虽然下得不大，但一柄雨伞罩在头顶，每移动一步，也就是人与伞的移动，人的

心情可想而知了。比如我就有些扫兴：蒙山，这回可真的蒙了我们一回！

我们走的是蒙山中路。主人说由此可上龟蒙山顶，当年孔子和他的弟子们上山也是走的这条路，山顶上还留有孔子"小鲁处""卧龙松"等景点。蒙山山顶海拔 1156 米，在空中俯瞰就像一只巨龟伏卧在蒙山的云端之上。"龟蒙顶"的名字即缘于此。《孟子》一书说："孔子登东山而小鲁，登泰山而小天下。"想想就很有意思，圣人一生穷困潦倒，周游列国，对家乡的两座大山都说了显得十分豪气的话。圣人对家乡山水情有独钟，选择的肯定是一个万里无云的晴朗天气上山的。要是这样烟雾溟蒙的日子，老人家恐怕就没有雄视天下的豪情了。圣人就是圣人。圣人看山，我们看圣人。走到山顶，山顶的四周烟雾茫茫，无云无风，眼前一片混沌。导游看出我的失望，说要是晴好的天气蒙山一定会是云蒸霞蔚，白云一朵朵、一片片飘荡，撕咬、缠绵着，千山万壑，若隐若现，俱在虚无缥缈间。站在蒙山之巅，有"佛缘"的人还能看到蒙山的佛光，有一种"云从身边转，风从脚下生"的感觉。但现在没有，面前只有蒙蒙的烟雾。蒙山掩映在这一片烟雾里，我只有一丝怀古之情在心里跌宕着。

蒙山有大美，说到蒙山风景的观赏，当地人津津乐道又是煞费苦心的。龟蒙风景区的景点多，他们在山上建造的观景的亭坊也不少：聚贤亭、览胜亭、望峰亭、蒙山坊、胜景坊……每一处亭坊，不仅都有着自己的故事和传说，且一览众山，历历在目，层峦叠翠，奇花异草都能尽收眼底。走在烟雨之中，我们都闪到亭子里歇一歇。导游说，在览胜亭，可以看见龟蒙那些大大小小如"群龟探海"的石头，还能看到前面一块酷似孔子坐像的"圣

憩石"。据说，孔子当年登蒙山就是在那里休息的。在望峰亭上，就能感受"暮色苍茫千嶂暗，万山丛中一片霞"的蒙山斜晖的诗意。放眼西望，有一座如鹰窝的峰峦,怪石嶙峋，一峰孤绝，峰顶上一株苍松如盖，就像一只苍鹰振翅欲飞，让人不得不惊异于大自然的鬼斧神工……"不到鹰窝峰，枉为蒙山行。"导游煞有介事地说。说着说着，她见我们一脸惘然，转身见面前的一切仍然淹没在混沌的烟雨中，自觉惭愧。于是，高高地举起一本导游的册子在我们面前，指着上面鹰窝峰的图片，拼命地喊着让我们看。我们踮着脚尖，把目光一齐投向那张图片上，只好将那满身翠绿的鹰窝峰深深留在想象里。

烟雨里倒是有些声音，是歌声。满山满野的都是《沂蒙山小调》："人人（那个）都说（哎）沂蒙山好，沂蒙（那个）

山上（哎）好风光。青山（那个）绿水（哎）多好看,风吹（那个）草低（哎）见牛羊,高粱（那个）红来（哎）豆花香,万担（那个）谷子（哎）堆满仓。"循着声音望去,我发觉那声音是从掩埋在路边上的小喇叭里发出来的。蒙山沂水不仅有着自然的山水,还有许多革命的故事,更有优美动听的民间音乐。《谁不说俺家乡好》《沂蒙颂》……这些歌曲我们自小就耳熟能详,此时这些民歌调嘹亮在蒙山的烟雨里,就像从蒙山的胸腔里发出来的,显得特别的乡土、婉转、苍劲而悠扬。有了歌声的感染,我感觉空气格外的清新,烟雨里的蒙山似乎也更加生动活泼起来,青山逶迤,雨丝蒙蒙,我依稀听到了一阵阵梵音从山涧幽谷中传来,听到了布谷鸟的一阵阵叫声和山脚下鸡犬的鸣叫声……

下得山来,住进了主人为我们安排的"沂蒙人家"。雨还在淅淅沥沥地下着,当地人说,蒙山这阵子正赶上六七年没见过的干旱。你们一来就下了雨,嘿嘿! 真是喜雨。感谢你们给我们带来了喜雨。他们开心地笑着,吃饭时讲,开会时讲。我正在为上了一趟烟雨的蒙山而懊恼,一听他们这么说,我心里忽然就高兴起来,感觉那雨好像真的是我们带来的——我们是一群有福的人了。

文成小品

　　若大地为案，文成便是那案头供养的一幅山水小品。清秀、隽永、温润得宛若一块洁白无瑕的玉，一块浑然天成的翡翠。蒙蒙细雨里，文成县城湿淋淋的，远山含烟，近山吐翠，恰似菜市场里的一捆青葱，或是一颗绿油油的白菜……走在县城的泗溪桥上，我见有人穿着睡衣，猫儿似的慵懒闲适着；有人行色匆匆，呈一脸的忙碌状。一切都鲜活生动得很，鲜活得让人想起当地产的一种水鱼，绵软而滑嫩。

　　说到水鱼，这回路过温州才知道。温州的朋友瞿祎兄热情，点了一桌温州的特产小吃，什么县前头汤圆，什么强能鱼丸，还有皮皮虾……丰富得我无法记清，只记得了水鱼。瞿祎是一位诗人，在温州城开了间酒吧，午后的酒吧里书香、咖啡香，还有茶香弥漫着，显得静谧而温馨。我们一走进去，心像被什么抚慰着，立即安稳了下来。原想去逛逛温州城，此时却都没有了欲望，只静静地翻书、听音乐、品咖啡，一动也不想动了。在繁华喧嚣的温州城里有这样一个去处，真是幸福！这里人似乎都会经营自己的幸福，比如同是诗人的慕白除了写诗，在文成还拥有一大片茶园，经常弄得一身的茶香。他似乎很得意，说："我是文成的土著。"

　　文成的山水是山斑斓，水碧绿，可谓步步有景，处处皆诗。这山是青山、是悬崖、是陡岭、是危岩；这水是绿河、是明溪、是深潭、是飞瀑……铜铃山里，森林为盖，水流潺潺。森林里有红豆杉、福建柏、连香树、钟萼木、鹅掌楸、花榈木……还有许多叫不出名字的植物。金秋时节，山上泛红挂绿，一山的曼妙；那水呢，穿岩走穴，环环相扣，金鸡潭、墨鱼潭、美女潭、藏酒潭、水晶宫潭、葫芦潭……潭潭相连。当地人说这一串串的水潭，听着就有铃铛般的声响。若说山有山心的话，我倒觉得这就是山心了——铜铃山玲珑剔透的山心。铜铃山不大，我们或走山路，或走栈道，忽上忽下的，偶尔遇上一个小湖，坐上船一竿子

就撑了过去，两耳充盈着哗哗的水声。除了水声，再就是植物的混合气息，野趣而乡土。沿路走，映入眼帘的远山沉寂，树林丛丛，夕阳一抹或朝晖四散，都是相依相存的山水一体的秀美，恍若宋代的一本山水册页，恬静而古朴。

这样的山水是适于小品的。刘基的《郁离子》是，林放的《未晚谈》也是。"三分天下诸葛亮，一统江山刘伯温。"刘伯温这位明朝的开国元勋，几次横刀立马，号称帝师，又几回归隐田园。只要生命一到低谷，他想到的就是家乡文成的山水。看来人都是恋家的，何况家乡的山水盛下了他一颗壮丽的诗心。"浪滚银河千壑外，被翻赤壁万山巅。夏日云散漫天雪，冬季雷轰入地泉。"这是刘伯温写百丈漈的诗，诗中的山水磅礴大气，但细品起来，他吟诵出的画面更像是文成的一幅山水小品。他写《郁离子》，经天纬地、状物记怀，像一则则寓言，透出的是真理与智慧。至于林放，因他和我的老乡张恨水熟悉，早年我就读过他的《未晚谈》，书中谈世事人心，笔走龙蛇、信手拈来，平和冲淡。这回到了他的故乡，显得格外亲切，感觉文成山水真的赋予了他灵气。当然，这里高山流水，更有"百丈漈"飞瀑的飞流直下，气贯长虹。遗憾的是这次没有去，心里仅留下了这样一个美丽的名字。

有景皆入画，无文则不成。古人说，秀色可餐，秀色也是出文章的。有青山佐酒，自然就适于豪饮。如我这般兴致的恐怕还有诗人叶坪。叶坪善酒，他雪后到了青山，就说过"青山也有相思苦，一夜西风竟白头"的话。现在不是冬天，这情景不太好见，但我不仅白了头，还醉了酒，是豪饮大醉的那种醉。这醉酒也是有缘由的，狡辩着或者说身心经过山水的洗礼，神清气爽，有若

山水神助，酒量忽然就大了一回，哈哈！醉了酒，没去红枫古道，便想象着古道幽幽、红枫漫天，着实让他们浪漫了一把……我一个人在文成县城里转悠，见文成县城的商铺门面、政府机关，各种招牌、霓虹灯箱，皆如其他县城一样，应有尽有。南方建筑特有的精致小巧与小城生活的便利和谐地交融在一起。小城不大，雨中的街道湿漉漉的，人们撑着花伞在街上走，白墙黑瓦在雨中出落得水灵灵的，格外醒目。其时，我的酒还没有完全醒，借着酒劲，我吟诵道："笔动惊天地，文成泣鬼神。"莫名其妙的，自己心里也猛然一惊。

　　适于小品的山水让人流连，也便于携带。不仅我，与我一起来的朋友们仿佛都喜欢上了小品似的文成，争先恐后的，好像都要把这文成山水装在心里。临走时，陕西的第广龙兄匆匆地赶往菜市场买了两小捆青绿的白菜，说是带回西安的家中，现出一脸的满足和惬意。看他的神情，就像是美滋滋地卷走了一幅文成的山水小品。我心里好一阵羡慕。

阿尔山的云

　　飞机坐多了，对舱外飘荡的云彩便有些熟视无睹。然而，这次坐在北京飞往阿尔山的 JD5505 航班上，我却一直紧紧地盯着面前的云彩。那些云仿佛也体会出了我的心思，远远近近、大大小小，一朵朵、一片片、一堆堆，或纹丝不动或变幻莫测，气象万千：飞机昂首冲天，一缕云彩在机翼随风掠过，仿佛是谁轻挥着一袭纱巾；飞机平稳地行驶在空中，机翼下的云絮厚厚的，如一片草原、一片洼地或一堆堆棉垛，时而烟雾缥缈，恰似丘陵连绵，犹如"百龟拜寿"，时而又是一处处云的悬崖。在那云的悬崖峭壁里穿行，飞机就像行走在大江上的一叶扁舟……走着，走

着，眼前忽而一片仙气缭绕，我低头一望，机翼下仿佛露出一个硕大的湖面，显出一种深不可测的幽绿和澄澈。我心里一动，怕是到了阿尔山吧？

正想着，耳边果然传来了空姐的提示声："各位旅客，二十分钟后飞机就要降落在阿尔山机场……"贴近舷窗向下望去，感觉此时的飞机轻盈得像是一朵云，与天空中的白云一起飘荡、追逐着，在云的缝隙里稳稳地飘落，安全地降落在阿尔山机场。走出舱门，阳光如水一般迅速地包裹了过来，在这炎炎的夏日，给人一种突如其来的凉爽。我不由自主地抬头望了望天，晴空万里，天蓝得一望无际，大片的白云在天空中仿佛朝我露出一张张笑脸。没想到，阿尔山的云彩竟然给了我视觉上的一次盛宴，以至随后的几天，我以为脚踩的也是阿尔山的云了。

脚下软绵绵的，鼻间充盈着一种水草的混合气息，走在这样的草原与森林里，很难没有一种在云端上的感觉。面前的草原、森林就像是擦肩而过的一团团绿云，那一团团绿云在阳光里滚涌

着、追逐着阳光，泛出明净的浓绿；一会儿又躲避着阳光，显出一片淡淡的绿波。草原上生长着黄的、红的、紫的金银花、油菜花，就像从云的缝隙里摇曳出的霞光。如果说，这草原是一片绿云，那些森林就是云的高山和峡谷了。巍巍兴安岭，莽莽大森林，兴安落叶松、樟子松、白桦、偃松……阿尔山的森林铺翠叠秀，绵延千里，就像漫天的绿云在这里凝固成了偌大的一团。行走在这云的高山和峡谷，四周静悄悄的，偶尔有落叶飘落，有鸟鸣传来，周遭显得格外幽静。由于走不到边，望不到尽头，还会感觉一团团绿云在心里要爆炸，心里有一种透不出气来的震颤和悸动。在绿云的边缘，有一股水汽氤氲，在面前汩汩喷涌、热气蒸腾，一片迷蒙。当地人说，这就是温泉了！草原、森林、花朵、温泉……我的眼前随即也一片迷蒙，突然一下子明白了什么叫云飞雾绕，什么叫云蒸霞蔚了。

天池、杜鹃湖、鹿鸣湖、仙鹤湖、眼镜湖……这样地看阿尔山，阿尔山的这些湖泊也像缭绕在阿尔山的一朵朵白云了。那些

湖泊深陷在一片绿郁郁的森林里，远远望去，便像一片白云停泊、盘桓在一片绿云荫里。站在绿山之巅，我一动不动地看，恍惚间感觉面前的湖泊在悄悄移动，在随风飘荡。周围全是绿绿的森林，青青的水草，人们形容天池说它像镶嵌在雄伟瑰丽、林木苍翠的高山之巅的一块碧玉，倒映着苍松翠柏、蓝天白云，却不知道这本就是一片片云啊！……据说，阿尔山的天池有四大神奇：一是久旱不干，久雨不溢，连续干旱或者久雨，天池里的水却始终保持在同一水平线上；二是天池既没有进水口，也没有出水口，天池里的水却常年清澈；三是天池周围的许多湖泊能够生长鱼，而天池里即使放了鱼苗，也不见鱼，连死鱼也不见浮上水面；四是天池深不见底，有人曾用绳子系一个铁锤放了三百米深，却仍是深不见底……我想，这就对了，因为它不是湖，它就是空中飘下的一朵云。云，能够丈量到底吗？只有云，才会无边无际、无影无踪。

谁说石塘林不是天空飘落在大地上的一片"火烧云"呢？走进石塘林，都说仿佛走进一座火山岩的地质博物馆。当然，这是一座天然的、露天的地质博物馆。握史料记载，这里完整地分布着多次火山喷发形成的地质遗迹。火山喷发的岩浆的覆盖，使地面形成广阔的熔岩席、熔岩被等。高出地面的熔岩由此还形成了一块块台地——阿尔山境内有着宽阔的熔岩台地，面积达一千平方公里，其中最为壮观的就是"大黑沟"。大黑沟长二十公里，宽十公里，被称为"大黑沟玄武岩"，是一种典型的石塘地貌，岩性为碱性玄武岩和橄榄玄武岩。放眼望去，石塘林宛若波涛汹涌的熔岩海洋，多种多样的熔岩形态，依次呈现出翻花石、熔岩垄、熔岩绳、熔岩碟、熔岩洞、熔岩丘、喷气锥、熔岩陷谷、地

下暗河等种种神奇的景观。在大面积的火山熔岩地貌中，还存在着熔岩龟背构造，地质学家们说这是目前国内唯一规模大、发育好、保存完整的熔岩龟背构造。我不懂这些，我只看到了面前一片深深的褐色，就像大火烧过的一般，千姿百态的，似火烧云一样燃烧在大地之上。我相信，这是天空遗落下的一片红云了……

在飞机上，我想，云霄上的云制造的不啻是一种虚幻、神秘、美丽的浪漫主义。这是在大地上的人们所无法设想的。身在大地，我们每天经历的是现实的、生活的、世俗的纷攘与嘈杂，甚至乌烟瘴气。但在阿尔山不止一次地，我有一种云里雾里的感觉，这是一种很奇妙的感觉。看云或在云天之上，便使人生出某种浪漫的念想。阿尔山本就是盛产浪漫传说的地方吧？传说，铁木真年少时，塔塔尔人蓄谋吞并蒙古部落，用卑鄙的手段害死了他的父亲也速该，母亲诃额仑无力对抗强敌，带着家人、部落属民和奴隶流浪到这一带，正是阿尔山的山水把铁木真磨炼成了一个铮铮铁汉，使他撑起一个家族复仇的希望。然而，正要起兵时，他和将士们却染上皮炎和风湿病，皮肤瘙痒不止，挠破了溃烂化脓，关节酸痛，疼得不敢迈步，岂能行军打仗？铁木真一筹莫展，常骑着马在林中徘徊。有一天，一只梅花鹿突然在他面前出现，他刚搭上箭，那只梅花鹿朝他呦呦叫了几声撒腿就跑，铁木真收起弓箭，纵马追赶，梅花鹿跑过一座大山又一座大山，把他带到一个地方后突然就不见了！眼前云雾弥漫，水声汩汩，几十口温泉热气蒸腾，铁木真伸手一试，溃烂的手臂竟奇痒无比，很快长出了新皮；喝一口泉水，沁人心脾……干脆，他跳进泉水里，泉中立即有无数条水蛇在他身边嬉戏，用嘴吮吸着他身上的伤口，痒痒的。从温泉里爬出来时，他感觉身心清爽，四肢矫健，身板更加坚硬了，他激动不已，面对温泉长跪不起，仰天长呼："哈伦·阿尔山！哈伦·阿尔山！"

很快，他就带着他的将士们来到这里洗愈皮炎和风湿病，然后策马上阵，铁蹄嗒嗒，像猛虎下山般地奔向了草原，一举打败了塔塔尔人，拉开了统一蒙古草原，创建蒙古帝国的序幕……

哈伦·阿尔山——蒙古语的意思就是"热的圣水"。

天上有云，地上也有云，阿尔山大地就如云朵般纯净而美丽了。但，在大地上看云，与在天空中看云的感觉终是不一样的，白云天不亮就挂在天上，在阳光照耀下更是锃亮锃亮的，泛着银白的光，如奔腾的马、慵懒的猫、机灵的狗……栩栩如生，惟妙惟肖。有的像丘陵高地、江河湖海，时而连绵起伏，蜿蜒而来；

时而惊涛骇浪，卷起千堆雪。而一到黄昏，云染上火红或橙红，就像一条条游动的小金鱼或一条条火龙游荡在天空的海洋……地上的云尽管没有天上的云彩那样变化多端，却是风吹不散，雨打不开，显出了一种永恒的美丽。如此一天到晚，头顶上云霞朵朵，脚下云山雾水，看着看着，我就觉得我们身在阿尔山就是身在云的故乡、云的天堂了。